कहानी-संग्रह

मकड़जाल

मकड़जाल

राजेन्द्र श्रीवास्तव

राधाकृष्ण प्रकाशन

ISBN : 978-81-19092-51-2

मकड़जाल

पहला संस्करण : 2023

मूल्य : ₹395

प्रकाशक
राधाकृष्ण प्रकाशन प्राइवेट लिमिटेड
जी-17, जगतपुरी, दिल्ली-110 051
शाखाएँ : अशोक राजपथ, साइंस कॉलेज के सामने, पटना-800 006
पहली मंजिल, दरबारी बिल्डिंग, महात्मा गांधी मार्ग, प्रयागराज-211 001
1, अनमोल सोराबजी सन्तुक लेन, धोबी तलाव, मरीन लाइंस, मुम्बई-400 002
वेबसाइट : www.radhakrishnaprakashan.com
ई-मेल : info@radhakrishnaprakashan.com

मुद्रक
विकास कंप्यूटर एंड प्रिंटर्स
ट्रॉनिका सिटी-201 102

MAKADJAAL
Stories by Rajendra Shrivastava

प्रख्यात लेखक व सम्पादक बलराम

मशहूर अभिनेता व दृष्टि-सम्पन्न कलाकार राजेन्द्र गुप्ता

वरिष्ठ लेखक व प्रखर सम्पादक धीरेन्द्र अस्थाना

वरिष्ठ पुलिस प्राधिकारी, साहित्यकार, समाजसेवी कैसर खालिद

साहित्य की मौन साधक वीना उनियाल

युवा साहित्यकार व सजग आलोचक अंकित नरवाल

को

सम्मानपूर्वक...

एक आदमी से न बुहारा जाएगा
इतना कूड़ा

क्या बुहारूँ
क्या कहूँ, क्या न कहूँ?
अच्छा है जितना झाड़ सकूँ, झाड़ूँ
जितना कह सकूँ, कहूँ

कम से कम चुप तो न रहूँ।

—कुमार अम्बुज

क्रम

अलौकिक घटना

"अलौकिक घटनाओं पर मेरा विश्वास नहीं है!" मैंने कहा।

वह मुझे निर्विकार देखता रहा। कुछ देर। फिर हँसा।

"नास्तिक हैं आप?"

मैंने जवाब देना उचित नहीं समझा। यह प्रश्न ही बेतुका था।

कई बार आप बहुत कुछ कहना चाहते हैं, पर केवल इसलिए चुप रह जाते हैं कि पता नहीं आपके शब्दों को किस रूप में ग्रहण किया जाए। कई बार घबराहट भी होती है।

आप इस घबराहट को आत्मविश्वास की कमी कह सकते हैं। पर इस मामले में घबराहट का कारण केवल उसका रहस्यमयी अन्दाज ही था।

आप यकीन मानिए, मैं जो भी लिख रहा हूँ, उसका एक-एक शब्द सच है और मैं भले ही टुकड़े-टुकड़े में बात करूँ या अलग-अलग सन्दर्भों में बात करूँ—सारी बातें एक सूत्र में बँधी हुई हैं।

आप यह कह लीजिए और चाहे मान भी लीजिए कि मुझे लिखने का सलीका नहीं है या लिखने में कच्चापन है, खुरदुरापन है या संगति नहीं है या चीजें सुसम्बद्ध नहीं हैं, लेकिन कृपा करके इसकी सच्चाई पर सन्देह न करें।

यह घटना मैंने बहुत विचार करने के बाद अपनी पत्नी गीत को सुनाई थी।

"नास्तिक हैं आप?" उसने फिर पूछा।

मैं विचलित हुआ, "आप अपनी बात बताइए!" मैंने थोड़ा सँभलकर कहा।

"नहीं, आप विश्वास के साथ सुनेंगे, तभी मैं बताऊँगा?" उसने उसी लहजे में कहा जिस लहजे में पाठको, मैं आपसे बात कर रहा हूँ, बल्कि कह रहा हूँ।

"मैंने सिर्फ इतना कहा है कि चमत्कार और अलौकिक बातों पर मेरा विश्वास नहीं है..."

"ठीक है, लेकिन यह मानकर मत सुनिए कि जो मैं कह रहा हूँ वह सरासर गलत, सफेद झूठ और बेबुनियाद ही होगा।"

"नहीं...नहीं..." मैंने धड़कते दिल से कहा, "ऐसी कोई बात नहीं है..." उसके बोलने-भर से लग रहा था कि वह किसी हैरतअंगेज घटना का जिक्र करने जा रहा है।

एक सौ आठ। पूरी एक सौ आठ सीटें थीं डिब्बे में। यह रेल का ए.सी. चेयर कार डिब्बा था। लेकिन पूरा-का-पूरा खाली। गाड़ी की गति तेज हो गई थी।

"वैसे आपका प्रश्न ही गलत है..." उसे चुप देखकर मैंने कहा। विरोध और असन्तोष-सा कुछ था मेरे स्वर में—"आप पूछ रहे थे कि मैं नास्तिक तो नहीं? यह भी भला कोई बात हुई? बात नास्तिक की नहीं है। किसी भी बात को विज्ञान की कसौटी पर कसने की है। आप जान लें कि मैं एस्ट्रो-फिजिक्स में डॉक्टरेट हूँ।" मुझे यकीन था कि अब बूढ़ा मेरी बात से प्रभावित हो जाएगा।

"फिर क्या हुआ?" बूढ़े ने उपेक्षा से कहा, "एस्ट्रो-फिजिक्स का ढोल मेरे आगे मत पीटिए। मैं तो दो बार स्टीफेन हॉकिंग से मिल चुका हूँ। उनके देहान्त से पहले कई लेक्चर भी उनके सुने हैं..."

मैंने अबकी बार भारी आश्चर्य से बूढ़े को देखा—"आप भौतिकी के महान वैज्ञानिक की बात कर रहे हैं?"

"कितने स्टीफेन हॉकिंग जन्मे हैं धरती पर..." बूढ़ा किंचित कुढ़े स्वर में बोला, 'ए ब्रीफ हिस्ट्री ऑफ टाइम' के लेखक की बात कर रहा हूँ, जिसके लिए एक बच्चे की हैरानी और एक जीनियस की बुद्धि जैसा कुछ कहा गया है। खुद स्टीफेन हॉकिंग लिखते हैं कि यदि हम प्रकाशवर्ष में तेज गति से चलें तो

हम बीते काल को भी देख सकते हैं...यह अलौकिक नहीं?"

"नहीं...यह अलौकिक नहीं..." मैंने दृढ़ता से कहा..."यह तो विज्ञान-सम्मत है। आप इसे समझ नहीं पाए, मैं आपको समझा सकता हूँ..."

"हँह...ऐस्ट्रो-फिजिक्स में डॉक्टरेट..." बूढ़े ने मेरी बात पूरी सुने बिना कहा।

फिर बूढ़े ने मेरी तरफ विचित्र नजरों से देखा। बिना किसी भूमिका के कहने लगा, "यह मेरे जीवन की अविस्मरणीय घटना है। आज मेरी आयु 75 वर्ष से अधिक है। इतना बड़ा आश्चर्य जीवन में दूसरा नहीं देखा। तब मैं केवल बीस-बाईस बरस का था..." वह स्मृतियों के किसी अलग लोक में प्रवेश कर गया था।

वैसे तो मुझे यह सोचकर रोमांच हो आना चाहिए था कि यह अजनबी आखिर कौन सी रहस्य-भरी घटना का वृत्तान्त सुनाने जा रहा है। लेकिन ऐसा कुछ नहीं हुआ, क्योंकि मैंने जीवन में ऐसे बड़े सारे लोग देखे हैं, जो बड़ी दृढ़ता से ऐसे दावे करते हैं, और बाद में उनकी बात में कोई सिर-पैर ही नहीं होता। कोई सार ही नहीं निकलता। मसलन कह देंगे कि एक रात अँधेरे में कोई विचित्र आकृति दिखाई दी या अमावस की रात में दूर किसी वीरान पहाड़ी पर बत्ती जल-बुझ रही थी। निर्जन या सूने मकान के मुंडेर पर खुले बालोंवाली एक लड़की बैठी थी या रात एक बजे कार से जंगल में जा रहे थे, तो अलाव के चारों ओर कुछ लोग नाच रहे थे। बस हो गई यह रहस्मय घटना। आपको इसमें कुछ अलौकिक नहीं लगता, तो आपकी बला से...अब आप उनको इसका तार्किक और वैज्ञानिक समाधान देते रहिए।

यह संयोग ही था कि बूढ़ा इस डिब्बे में चढ़ गया था।

गाड़ी एक छोटे-से स्टेशन पर रुकी थी। दस मिनट का स्टापेज था। मैं नीचे उतरकर बुक स्टाल पर अखबार लेने आ गया था। स्टाल पर 'गुनाहों का देवता' किताब मुझे दिखी थी। सस्ता एडीशन था, सो मैंने खरीद लिया। स्टाल पर अखबार खरीदते हुए बूढ़े ने कहा, "इलाहाबाद से प्यार है या धर्मवीर भारती से?"

मैं चकित हुआ।

"क्या कहा जी...क्या बात है?" मैंने अचकचाकर कहा।

बूढ़े के चमकते हुए चेहरे पर स्निग्ध मुस्कराहट थी। दमकता हुआ गोरा रंग था। उम्र अधिक होने के बावजूद कसी हुई त्वचा थी। सामान्य से कुछ ऊँचा कद। खिला हुआ प्रसन्नचित्त चेहरा। सिर पर बाल नहीं थे, पर घनी सफेद मूँछें थीं। आँखों में चमक थी और नीलापन। नीली जीन्स की पैंट पर ढीली टी-शर्ट और पैरों में सफेद किरमिच के जूते। अपने समय में तो बन्दा फिल्मी हीरो की तरह होगा। मैंने कल्पना की।

"अरे भई पचास-साठ के दशक की किताब आज क्यों खरीद रहे हो?"

"नहीं...," मैंने संकोच से कहा, बस अपनी लायब्रेरी में रखने के लिए। पढ़ी तो मैंने बहुत पहले ही है यह किताब! आप लिटरेचर के बारे में कैसे जानते हैं?" मैंने किंचित आश्चर्यमिश्रित स्वर में पूछा।

"क्यों भाई? साहित्य पर केवल आपका अधिकार है? मैं सात भाषाओं में पारंगत हूँ। कामचलाऊ ज्ञान नहीं, प्रोफेशिएंट...!"

मुझे न जाने क्यों भला प्रतीत हुआ।

"कौन से डब्बे में हैं आप?" उसने पूछा।

"पूरी गाड़ी खाली है, मैं तो 'सी-वन' में हूँ। सामान लेकर आ जाइए 'सी-वन' में, अभी दो-ढाई घंटे का सफर है, कुछ गप-शप हो जाएगी।" मैंने आत्मीयता से कहा।

"सामान कुछ नहीं है पास में," बूढ़े ने कहा, "बस ये अखबार और पानी की बोतल है। चलिए आपके डब्बे में आ जाता हूँ।"

यह डेक्कन क्वीन थी, जिसमें आमने-सामने हम बैठे थे और बीच में चाय की छोटी मेज थी।

"दरअसल..." उसने आगे बताया, "मुम्बई से मेरी फ्लाइट है सिंगापुर के लिए। रात एक बजे। मैं मुम्बई कभी-कभार ही आता हूँ। मेरा लगेज लेकर मेरा ऑफिस मैनेजर एयरपोर्ट पहुँच भी चुका होगा।"

हमारी उम्र के बड़े अन्तर के बावजूद उस चुस्त और आकर्षक व्यक्ति ने मुझे प्रभावित किया। इसके बाद हमारी बात किताब, कहानी, किस्से की विश्वसनीयता

से होते हुए होनी-अनहोनी, भूत-प्रेत, शैतान और भगवान तक आ गई थी।

बूढ़े ने कहा चुनौतीपूर्ण ढंग से कि मैं आपको ऐसी बातें बता सकता हूँ कि आप हैरान रह जाएँगे।

मैं हँस दिया। यद्यपि इस हँसी में कटाक्ष या उपेक्षा का रंग नहीं घुला था, किन्तु बुजुर्गवार को यह नागवार गुजरा।

"आप इस प्रकार अविश्वास न जताएँ, मैं उस दौर से हूँ, जब विश्वास सबसे बड़ी पूँजी हुआ करती थी। विश्वास से ही हम सम्पन्न थे।"

मैंने कुछ संकोच और खेदभाव से बूढ़े को देखा।

"बीस-बाईस की उम्र...आप समझ सकते हैं। उद्दाम आवेग से बहते दरिया से ही तुलना की जा सकती है। हम कुछ भी कर सकते थे उस समय, कुछ भी। हर बात हमारे लिए सम्भव थी। हम देश के लिए भी कुछ भी कर सकते थे। परिवार के लिए भी। प्रेम के लिए भी।"

कभी वह बूढ़ा 'मैं' कहकर बात करता था, कभी 'हम' कहता था। मुझे भी कभी 'तुम' तो कभी 'आप' कहकर सम्बोधित करता था।

"हमारे गाँव में पंडित नेहरू आए थे और हमारे सामने खटिया पर बैठे थे।"

हम सभी अभिभूत थे। पूरा गाँव कृतज्ञ भाव से उनकी सेवा के लिए उत्सुक था।

"आप नेट पर चेक कर लीजिएगा, कि उस वर्ष पंडित नेहरू ने हमारे गाँव को भेंट दी थी या नहीं। या नेशनल डिफेन्स फंड उस साल बनाया गया था या नहीं। नहीं, चेक मत कीजिएगा। मेरी बातों की पहली शर्त है कि आप विश्वास करेंगे।"

"एकदम गाँव नहीं, मिनी-टाउन कह सकते हैं। बाइस्कोप तो था, लेकिन मेला भी लगता था और रशियन सर्कस भी आता था।" बूढ़े ने कहा।

"सेल्फी लेने का तो प्रश्न ही नहीं था," वह हँसा अचानक..."लेकिन कोई भी उनके साथ फोटो खिंचाने के लिए या उनका आटोग्राफ लेने के लिए मरा

नहीं जा रहा था। इतना ही बहुत था कि नेहरू जी ने गाँव को भेंट दी है और हम सभी के साथ हैं। फोटो की जरूरत भी नहीं थी। कोई भी आदमी किसी को भी बताता तो वह विश्वास कर लेता।"

"आप कोई विलक्षण घटना बतानेवाले थे..."

"चुप रहो," बूढ़े ने मुझे झिड़का। इसके बाद वह शान्त हो गया। वह झुककर अपने जूते के तस्मे बाँधने लगा, जो कि खुल गए थे। मुझे बेचैनी होने लगी। बड़े सब्र से मैं बूढ़े के बोलने की प्रतीक्षा करने लगा।

"पंडित नेहरू ने बताया कि नेशनल डिफेन्स फंड बनाया गया है और युद्ध के लिए बहुत धनराशि की जरूरत है। आप जो भी मदद कर सकते हैं, यथासम्भव करें।" बूढ़ा किसी नशे की-सी हालत में कहे जा रहा था।

"उनके कहने की देर थी कि सामने एक चादर दोहरी करके बिछा दी गई। कुछ ही देर में सोने-चाँदी, रुपए-सिक्के का ढेर सामने लग गया। आप समझ रहे हैं? औरतें अपना मंगलसूत्र तक डाल रही थीं। छोटे बच्चे इकन्नी और दुअन्नी डाल रहे थे।"

"आज आपसे कोई आकर किसी बड़े उद्देश्य के लिए एक हजार रुपए माँगे, तो आप दे देंगे?"

"मैं तो एक रुपया भी न दूँ"—मेरे मुँह से निकल गया।

"क्यों? क्यों नहीं देंगे आप?"

मैं चुप रहा।

"क्यों नहीं देंगे आप एक रुपया भी, जब साठ के दशक में हैदराबाद के निजाम ने पाँच हजार किलो सोना दे दिया था। फाइव थाउजेंड के.जी. रियल गोल्ड!"

अबकी मैं अपराध-भाव के साथ चुप रहा।

"अरे, आप इसलिए नहीं देंगे कि आपको विश्वास नहीं है। विश्वास नहीं है कि इस धन का सदुपयोग होगा। कोई अगर देगा भी तो चाहेगा कि उसका नाम आए किसी अखबार में। कोई सर्टिफिकेट मिल जाए। तब वैसा जमाना नहीं था। तब लोग बिना किसी अपेक्षा के सर्वस्व अर्पित कर सकते थे।"

बूढ़ा अब अपने-आपसे कह रहा था, "मैंने लता को एक चूड़ी दी थी। चूड़ी पतली और हल्की थी, लेकिन असली सोने की थी। ये मत पूछिए कि उस उम्र में मेरे पास सोने की चूड़ी कहाँ से आई या चूड़ी खरीदने की रकम कहाँ से आई। सुनिए सिर्फ। लता ने वह चूड़ी उतारकर चादर पर रख दी थी। गनीमत थी कि उसे दी हुई निकिल की एक अँगूठी उसने नहीं डाली, हालाँकि उसकी कोई कीमत भी नहीं थी।

"मुझे अफसोस हुआ था। मैंने यह नहीं कहा कि मुझे बुरा लगा। अब आज पचास बरस बीत जाने के बाद मैं ठीक-ठीक ये तो नहीं कह सकता कि तत्क्षण मुझे क्या अनुभूति हुई थी, लेकिन यह पक्का है कि बुरा नहीं लगा। यह भी पक्का है कि अफसोस हुआ। अफसोस इसलिए कि इतनी महँगी सौगात फिर से खरीद पाना मेरे लिए सम्भव ही नहीं था। उस समय सम्भव नहीं था।

"मैंने अपनी सारी जमा-पूँजी डाल दी थी, लेकिन लता का दिया हुआ चाँदी का कड़ा नहीं डाला था। वह आज तक मेरे हाथ में है। यह देखो।" उसने अपने दाहिने हाथ में पहना कड़ा दिखाया, मानो साक्ष्य के तौर पर—"इसे सिर्फ एक बार बड़ा कराना पड़ा मशीन से...कड़ा पहनने का मतलब समझते हो...नहीं तुम्हें क्या पता, तुम तो भौतिकी के विद्वान हो..."

ऐस्ट्रो-फिजिक्स बोलकर पछता गया मैं।

"यह कड़ा..." बूढ़ा बोला, "सिखों के पाँच 'क' कार में से एक है। यह कड़ा कर्तव्यों के पालन के संकल्प के साथ पहना जाता है।"

"आप सिख हैं...?"

बूढ़े ने मेरी बात पर ध्यान नहीं दिया। मुझे इतना समझ में आया कि यह बूढ़ा और लता दोनों सम्पन्न परिवारों से थे। सोने और चाँदी के तोहफे एक-दूसरे को देनेवालों के बारे में इतना अनुमान तो लगाया जा सकता है।

मैंने फिर से देखा सामने बैठे स्वस्थ, मजबूत और आकर्षक व्यक्ति को। उसकी जाति और धर्म का अन्दाजा लगाने की कोशिश की, लेकिन कुछ समझ न आया।

"लता से मैं बेहद प्यार करता था। मेरी हम-उम्र थी।"—उसकी आँखें

मुस्करा रही थीं उसके चेहरे पर। उसकी आँखों में वह चमक और खुशी थी जो कि अमूमन प्यार में डूबे एक व्यक्ति की आँखों में आप देख सकते हैं।

बूढ़ा कहीं अपने भीतर खो गया था।

"फिर क्या हुआ?" एक लम्बे विराम के बाद मैंने पूछा।

बूढ़ा पचास साल की यात्रा कर वापस वर्तमान में आया।

"लता को एक बार देख लेने-भर से मुझे इतनी खुशी मिलती थी कि लगता था क्या न कर डालूँ। कभी लगता था गाँव की नदी में कूद जाऊँ और लहरों को चीरता हुआ बस आगे बढ़ता जाऊँ। कभी लगता था पेड़ पर तेजी से चढ़ते हुए फुनगी पर खड़ा हो जाऊँ। पहले जिन बातों पर हँसी आती थी, वे अब स्वाभाविक लगने लगी थीं। मन करता था चाँद, तारे तोड़कर ले आऊँ। गिन-गिनकर सौ चक्कर लगाऊँ कुएँ के..."

"क्यों? कुएँ के चक्कर क्यों"—मैंने पता नहीं किस झोंक में पूछ लिया।

बूढ़ा कुढ़कर बोला, "ऐसी हजार बातों का मन करता था, हर प्रश्न का जवाब नहीं दे सकता। हर प्रश्न का जवाब होता भी नहीं।"

आधे से ज्यादा रास्ता तय हो चुका था। खंडाला पार हो गया था। घंटे-भर में मुम्बई आ जाता। और बड़े मियाँ अभी पेड़ की फुनगी पर ही खड़े थे। मैं व्यग्र हो चला। रहस्यमयी घटना गई भाड़ में, पहले ये तो पता चले कि लता का क्या हुआ।

पर मेरी हिम्मत नहीं हुई कुछ कहने की।

अन्ततः मैंने पूछ ही लिया, "तो उस अलौकिक घटना का सम्बन्ध कुछ लता से भी है? जब आप इतना बता रहे हैं तो..."

बूढ़े ने किंचित अप्रसन्नता से कहा, "मैं विश्वास की बात कर रहा था। विश्वास के शेड्स नहीं होते। एक ही रंग होता है, वह भी पारदर्शी।"

मैंने बहुत ध्यान से उसकी बात सुनी। बड़े मन से उसकी बात पर विचार किया। उसके बाद मुझे लगा कि बूढ़ा सनक गया है या नट-बोल्ट ढीले हैं इसके।

"लता से मैं बेहद प्यार करता था," उसने दोहराया, "उसके बिना जीने की कल्पना नहीं की जा सकती थी।"

"प्यार में बड़ी ताकत होती है। तुम सुनोगे तो हँसोगे। मैं दसवीं में दो बार अंग्रेजी में फेल हो गया था। दो साल खराब किए थे। किशोरावस्था थी। उम्र ही क्या थी हमारी...तब प्रेम-प्यार की बात मन में थी ही नहीं कहीं। बस किसी का साथ अच्छा लगता है। प्यार है यह बात तो बाद में समझ में आई, जब अलग होने का समय आया। तो लता ने मुझे आड़े हाथों लिया। कहा तुम किसी से कम हो क्या? खूब नाराज भी हुई। कहा अब मिलने नहीं आऊँगी तुम्हें। फिर क्या हुआ बताऊँ...मैंने उसके सामने कसम खाई कि रोज पाँच पन्ने अंग्रेजी के पढ़ूँगा। पढ़ने भी लगा। किसी धार्मिक अनुष्ठान की तरह। फिर तो बाद में आस-पास के गाँव के छात्र भी मुझसे पढ़ने आने लगे। आज तो मैं सिंगापुर, श्रीलंका और मलेशिया में रिसर्च स्टुडेंट्स को अंग्रेजी पढ़ाता हूँ...यकीन करोगे?"

पता नहीं उसके स्वर में क्या था कि मैंने पूरी दृढ़ता से "हाँ" कहा। हाँ। मतलब...यकीन है मुझको।

"एक साधारण से व्यक्ति में इतनी क्षमताएँ हो सकती हैं, ये मुझे लता से पता चला। पूरा गाँव बाद में मेरी प्रतिभा का लोहा मानने लगा था। तब मेरी किसी छोटी सी सफलता पर भी लता मेरे लिए गुड़ के सन्देश बनाकर लाती थी। कटोरदान में...अम्म...टीन के छोटे से चौकोर डिब्बे में। अपनी ओढ़नी में छुपाकर लाती थी और मनुहार से खिलाती थी, तुम्हें क्या बताऊँ...तुम तो 'आई लव यू' और 'मिस यू...किस यू' जमाने की पैदाइश हो..."

बूढ़े की कोई बात अब मुझे बुरी नहीं लग रही थी। उसकी बातों में सच्चाई थी, जिसके लिए किसी प्रमाण की आवश्यकता नहीं थी...

जब मैं यह घटना गीत को सुना रहा था, तो उसने मुझे टोककर पूछा था कि फिर उस व्यक्ति ने कोई अलौकिक घटना सुनाई, तुम मानते हो फिर कि कुछ अलौकिक घटा था...

मैं झल्ला गया था। मैं झल्ला गया था कि गीत मेरे विचारों के प्रवाह को

बाधित कर रही थी। लेकिन मैंने जब्त कर सिर्फ इतना ही कहा कि—हाँ। हाँ, मानता हूँ। तब नहीं समझा था, लेकिन अब मानता हूँ कि कुछ अविश्वसनीय घटा।

"सुन रहे हो ना..." बूढ़ा अब जोर से बोला, "उसने ये चाँदी का कड़ा पहनाया था मुझे। मैंने बताया तो था तुम्हें। तभी तो इस कड़े को मैं जीवन-भर अलग नहीं कर सका। मैंने उसे चिढ़ाने के लिए गिलेट की अँगूठी उसे दी थी। समझते हो ना गिलेट। निकिल को कहते हैं। लेकिन उसे अनमोल रत्न की तरह पहनती थी लता।"

"मैं तुम्हारे साथ तुम्हारे डब्बे में क्यों आया...?" अचानक बूढ़े ने पूछा।

"जी...!" मैं चिहुँक गया।

"मैं क्यों तुम्हारे साथ आया...पता है...?"

मैंने उसकी तरफ देखा।

"ये किताब है ना...सुधा और चन्दर की कहानी 'गुनाहों का देवता'...वह पढ़ती थी और खूब रोती थी। वह खूब रोती थी और मैं खूब हँसता था उसे चिढ़ाने के लिए।"

वह मुझे सुना नहीं रहा था। बस प्रार्थना की तरह कुछ कहे जा रहा था।

"लता की याद आ जाती है, इस किताब को कहीं भी देख लूँ तो..." बड़ी हसरत से कहा उसने।

मैं मंत्रमुग्ध-सा सुन रहा था। पता नहीं कैसे मैं बूढ़े के सुख-दुख से विचित्र तरीके से जुड़ गया था।

"कुछ कुरीतियाँ या सामाजिक बुराइयाँ सदियों से चली आ रही हैं। जात-पाँत...कमाल है..." वह खुद से बात कर रहा था।

"मुसलमान या सिखनी तो होगी नहीं वो लड़की...नाम आपने बताया ना लता था..."

उसने मुझे ऐसे देखा मानो मेरे चेहरे के पार देख रहा है...

"आप हैं क्या ? मुसलमान हैं...आपने अपना नाम नहीं बताया अभी तक..."

"तुम यह पूछ रहे हो..." बड़े आहत स्वर में उसने कहा, "और मैं समझ रहा था कि पचास साल में दुनिया कुछ बदल गई होगी..."

"चुप रहो"—फिर अचानक वह भड़ककर बोला। "तुम्हारी दिलचस्पी जात-पाँत में नहीं होनी चाहिए...तब जैसा समय नहीं देखना चाहता मैं...पढ़े-लिखे समझदार लगते हो तुम मुझे..."

"नहीं...नहीं..." मैंने समझाना चाहा, "मैं केवल उत्सुकतावश पूछ रहा था। मैं सच बताऊँ मैंने तो खुद दूसरी जात में शादी की है। उसका नाम गीत है..."

अचानक बड़े अपनेपन से उसने मुझे देखा और इतनी आत्मीयता और इतने स्नेह से मेरे बालों में हाथ फेरने लगा कि मेरा मन आर्द्र हो उठा।

"पर दकियानूसी और ओछापन जो लोगों की आत्मा में समाया है उसका क्या करें?" उसके स्वर में बहुत कोमलता थी, लेकिन आँखों में गहरे दुख की एक छाया भी डोल रही थी।

"चलो ऐसे भी कुछ उदाहरण हैं अब के समय में, जिनसे उम्मीद बँधती है। मैंने कहा तो तुमसे कि जमाना अब बदल रहा है। पहले लेकिन ऐसा कहाँ था? हमारे समय में तो एक जाति में भी ऊँच-नीच देखी जाती थी..." वह हँसने लगा। अबकी बार उसकी आँखें नहीं हँस रही थीं, "तुम बस इतना समझ लो कि लता की जाति अलग थी। उस समय उसके घर, परिवार, गाँव, समाज कहीं भी इसकी स्वीकृति नहीं थी।"

हँसी का स्थान अब विषाद ने ले लिया था, "प्यार इतना बड़ा अपराध था तब, अब कौन सा नहीं है, और वह भी भिन्न जाति में...कि मरने-मारनेवाली बातें होने लगीं...जान लेने-देने की नौबत आ गई। बदनामी के कारण लड़की के घरवालों को गाँव छोड़ना पड़ा।

"मैं मिल भी नहीं सका उससे...देख भी नहीं सका और पता चला कि सुबह चार बजे लता के घरवाले गाँव छोड़ गए हैं...कहाँ गए किस गाँव-शहर गए कोई जानकारी नहीं मिली..."

"अरे..." मेरे मुँह से बेसाख्ता निकल गया, "इतना कुछ..."

"इतने पर भी बस होता तो चल जाता...क्या कुछ नहीं हुआ ये पूछो..."

"क्या हुआ...?"—किसी अज्ञात भावना से मेरा दिल धड़कने लगा।

आवाज उसकी सर्द थी—"पता नहीं उसे मार दिया गया...या उसने खुद जान दे दी। मुझे उसी रात सूचना आ गई थी। आखिरी बार उसे सिर्फ एक बार देख-भर लेता मन-भर के...तो मेरे लिए जीने की एक वजह हो सकती थी...

मैं स्तब्ध था।

"आज पचास साल हो गए इस बात को, पर लगता है कि वह आज भी कहीं है...कहीं मेरे आस-पास..."—अवसाद के किसी गहरे समुद्र में डूब गया था वह मनुष्य।

उसकी आवाज में इतना दर्द था कि आँखें मेरी नम हो आई थीं। मैं उसकी भावनाओं के साथ एकाकार हो गया था। "मुझे अफसोस है..." मैंने रुँधे गले से कहा.. "इतना बड़ा दुख। मुझे अफसोस है...लेकिन...लेकिन...आप गलत न समझें...मैं यह कहूँगा कि इसमें अस्वाभाविक या अलौकिक तो कुछ नहीं। यह तो, मैं समझता हूँ...यह तो एक दुखद घटना है...त्रासदी कह लें आप..."

बूढ़ा अपने भीतर उतर चुका था। मेरी बात उसने सुनी भी या नहीं... पता नहीं...

"लता की मौत की रात..." बूढ़ा कहे जा रहा था..."पूरी तरह जब मैं टूट चुका था। जीने का कोई कारण नहीं था...लेकिन मैं जिन्दा हूँ...क्यों...? समझ सकते हो...तुम ठीक समझ रहे हो। लता की मौत की रात। मेरे कमरे की खिड़की पर एक जोड़ी आँखें मुझे देख रही थीं। लता...? यह कैसे हो सकता है। लेकिन यह सम्भव हो चुका था। वही कजरारी आँखें। आँखों में हमेशा की तरह काजल डला था। मैं भला कैसे नहीं पहचानता...उसकी झील-सी बड़ी-बड़ी काली चमकती हुई आँखों में सितारे जगमगाते थे। मैं भला कैसे नहीं पहचानता... एक कशिश थी उसकी आँखों में, जो मुझे खींचती थी हमेशा। लेकिन आज इन आँखों में सपनों के टूटने का दर्द और अधूरे अरमानों की कसक भी थी।

"अँधेरा घटाटोप। खिड़की का परदा फड़फड़ा रहा था। बाहर डरावनी हवा किसी पागल प्रेमी की तरह सिर पटक रही थी। वह आई थी। समझ लो अन्तिम विदा के लिए आई थी। वो न आती...आखिरी बार ऐसे न मिलती तो मैं मर ही

जाता। किसी निर्दोष हंसिनी की तरह चलकर वह भीतर आई। दरवाजा भीतर से उढ़का दिया। वह अलौकिक सौन्दर्य था। क्या कहूँ...प्यार तो सारी दुनिया को सुन्दर बना देता है।"

"अब आसमान से उतरकर मानो वह सीधे मेरे सामने खड़ी हो गई थी। उसके मुख-मंडल पर विचित्र-सी आभा थी। बावजूद इसके कितने मनोराग और कितनी अतृप्त कामनाएँ उसके मुखड़े पर बिखरी-छितरी पड़ी थीं। मेरे पसन्द वाली लाल साड़ी उसने पहनी थी। बिन्दी हमेशा हरे रंग की लगाती थी। सब कुछ विशिष्ट। दुनिया से हटकर। वह थी ही नहीं इस दुनिया की। किसी दूसरे लोक से आई थी। एक कलाकृति की तरह शिल्प में ढला और तराशा रूप। गोरे मुखड़े पर चमक थी और लजीली मुस्कान। आज भी उसका वही मुस्कराता चेहरा जीने की वजह है मेरी। कानों में बालियाँ दिप-दिप कर रही थीं। उसकी नाक के लौंग की चमक से मेरी आँखें चौंधिया रही थीं। गले में कुन्दन का पैंडल झिलमिल और कलाई में सोने की चूड़ियाँ। सज-धजकर आई थी अन्तिम बार मिलने।"

"वह नवरात्र में हर साल मेहँदी रचाती थी और ऐसे ही रेशमी साड़ी पहनकर श्रृंगार करती थी। उसे पता होता था कि मैं उसे देखने-भर के लिए इस गली से उस गली फिरता रहता था पूरे नवरात्र-भर। कभी परचूनिए की दूकान पर, कभी बजाज के पास और रजक से लेकर रंगरेज की बस्ती में, माने जहाँ-जहाँ वह अपनी सहेलियों के साथ जाती थी वहाँ-वहाँ। नवरात्र की झाँकी देखने के बहाने उसकी एक झलक पाने की कोशिशों में मुब्तिला रहता था। सब समझती थी वो।

"उस रात भी लता के दोनों हाथों में मेहँदी रची हुई थी। मेरी दी हुई निकिल की अँगूठी उस रात भी उसके बाएँ हाथ की उँगली में थी। लम्बे-घने बालों में मेरी पसन्द का मोगरे का गजरा लगाया हुआ था उसने। मोगरे की भीनी खुशबू कमरे में सब तरफ फैल गई थी। इस खुशबू की तरह लता भी हर जगह उपस्थित थी। फिर कितना समय बीता, क्या हुआ, हम दोनों कब और कैसे एक-दूसरे की आगोश में आ गए पता ही नहीं चला..."

"दरवाजा अन्दर से बन्द था। जब घरवालों ने किसी आशंका में दरवाजा तोड़ा और भीतर घुसे। घरवाले बताते हैं कि मैं कमरे के बीचोंबीच बिजूके की

तरह शून्य में ताकते हुए अकेला खड़ा था। हालाँकि मुझे यह सब कुछ याद नहीं। हाँ...लता जा चुकी थी। कहूँ कि हमेशा के लिए जा चुकी थी।"

बूढ़े की आवाज गूँज रही थी। मैं काठ हो गया था। उसकी एक-एक बात मेरा कलेजा चाक किए दे रही थी।

बूढ़ा किसी मंत्रबिद्ध अवस्था में कह रहा था, "मैं जब मूर्च्छा की-सी स्थिति से बाहर आया तब भी मोगरे के फूलों की सुगन्ध कमरे में फैली हुई थी। सब बताते हैं यह बात। और बताऊँ...मेरे कमरे में चारपाई पर यही किताब रखी हुई थी...मानो चाहे मत मानो...और यह किताब आज भी मेरे ड्राइंग रूम के बुक-शेल्फ में मौजूद है।

"वैसे तुम्हें विश्वास क्यों दिलाऊँ मैं किसी बात का। क्यों प्रमाण दूँ और क्यों प्रवेश दूँ तुम्हें अपनी निजता में। ये मेरा अपना अनुभव संसार है..."

मैंने गीत को यह घटना सुनाई थी, "गीत...मैंने कहा...इन बातों पर विश्वास-अविश्वास की क्या बात करें...तुम्हें तो पता है कि फिल्मी भावुकता से मैं कोसों दूर रहता हूँ। लेकिन यह सब सुनकर मैं उस टूटे-दिल अधूरे प्रेमी के गले लगकर खूब रोया। जब तक कि मुम्बई स्टेशन पर मैंने उसे विदा नहीं कर दिया। उसका नाम अरविन्द था। जाते समय बताया उसने। बस अपना नाम-भर बताया। यह सोचकर भी गीत मेरा दिल डूबा जाता है कि वह अकेला है इस दुनिया में और अब उससे सम्पर्क भी नहीं कर सकते हम..."

गीत सन्न थी। अन्त में वह बोली, "हम दोनों विज्ञान के विद्यार्थी रहे हैं। तुमने तो एस्ट्रो-फिजिक्स में रिसर्च भी की है। बाकी सब ठीक है। लेकिन इसमें अलौकिक कुछ नहीं...मैं तुम्हारी बात को दोहराती हूँ कि यह एक प्रेमी की व्यथा है।"

अचानक मेरा कलेजा मेरे हलक में आ गया।

मैं बेचैनी से इधर-उधर ताक रहा था। फिर मैं सोफे पर से उठकर खड़ा हो

गया और मैंने एक सिगरेट सुलगा ली और टहलने लगा।

"बात क्या है...? तुम परेशान क्यों हो...क्या हुआ...बताओ तो...? क्या प्रॉब्लम है तुम्हें...बोलते क्यों नहीं?" गीत कुछ बेचैन स्वर में बोली।

मैं सकते की हालत में था और गीत को देख रहा था।

"अरे, तुमने उसे कहा नहीं...समझाया नहीं उसे कि उस रात जो कुछ उसने देखा था वह उसके मन की उपज थी। वह मिल नहीं पाया था अपनी प्रेमिका से। उसके साथ बिताए मधुर क्षणों को वह अपनी अनुभूति में साकार कर रहा था। अपनी पसन्द के रूप में उसे देख रहा था। वही रेशमी परिधान। वही आभूषण। वही फूलों की वेणी। यह सम्भ्रम की स्थिति होती है। नींद और जाग के बीच की अवस्था। क्या हम दोनों नहीं जानते इतनी-सी बात!"

गीत आगे कहती रही, "अरे, हम दृष्टि-भ्रम या इल्यूजन की बात करते हैं। मेरी नानी-इसे अप्रमा कहती थी। अगर कोई बता दे कि बगीचे में कहीं साँप है, तो हर चीज साँप जैसी लगने लगती है। तब रस्सी से तो भय लगता ही है, कपड़े की गाँठ और पेड़ की लताएँ भी डराने लगती हैं। मैं तो छिपकली से भी डरती हूँ, तो मुझे हमेशा लगता है कि दीवार पर इस कोने में या उस कोने में छिपकली है...जबकि अधिकांशत: छिपकली वहाँ होती ही नहीं। यह तो स्वाभाविक-सी बात है कि हम जिस चीज के बारे में शिद्दत से सोचने लगते हैं, उसका भ्रम या आभास होने लगता है..."

"हाँ गीत..." मैंने अब शान्त स्वर में कहा, "यह हैलोसिनेशन भी हो सकता है...आदमी को लगता है कि उसने सच में यह सब देखा है। वह महसूस करता है...ब्रिटिश मेडिकल जर्नल में तो रिसर्च स्टडी प्रकाशित हुई थी, जिसमें कम उम्र में पति या पत्नी की मृत्यु के बाद अकेले रहनेवाले लोगों में से 45 फीसदी से अधिक ने अपने साथी की उपस्थिति का आभास किया। इसमें खुशबू, संवाद और विजुअल इम्प्रेशन भी शामिल है। यानी मृत व्यक्ति को देखा भी लोगों ने। लेकिन यह सब बीमारी का हिस्सा था। इन सभी को दवाओं और काउंसलिंग की जरूरत पड़ी। बहुत से स्वस्थ व्यक्ति भी हैलोसिनेशन से पीड़ित होते हैं। और यह सबको पता है। यह मेडिकल साइंस का मामला है न कि भूत-प्रेत,

ओझा और झाड़-फूँक का। यह प्रामाणिक है और दुनिया-भर के वैज्ञानिकों और मेडिकल रिसर्चर ने इसे सिद्ध किया है।"

"लेकिन सुनो," गीत हकलाते हुए बोली, "महसूस करने तक तो ठीक है...लेकिन वह किताब उसकी चारपाई पर कहाँ से आई उस दिन...और कमरे में फूलों की महक..."

"यह बड़ी छोटी सी बात है," कुछ देर चुप रहकर मैंने कहा, "मोगरे का पौधा तो खैर कहीं भी हो सकता है, बगीचे में, किसी के घर के बाहर और उसकी खुशबू बड़ी अलग होती है, मन को भानेवाली। तो उसमें कोई आश्चर्य की बात ही नहीं। रही बात किताब की, तो दो ही बातें हो सकती हैं, नहीं तीन—एक तो लता मरने के बाद वहाँ आई अपने प्रेमी से अन्तिम बार मिलने, जैसा कि वह बूढ़ा कह रहा था..."

गीत ने चिहुँककर देखा मुझे—"रबिश !!" फिर गीत धीमे स्वर में बोली, "दूसरी बात?"

"दूसरी बात यह कि किताब पहले से ही हो उसके घर में और बूढ़े के ध्यान में न हो यह बात..."

"ओहह..." हल्की-सी एक आह भरी गीत ने।

"लेकिन सच जो है वह तीसरी बात है...यह कि वह आदमी अपनी अनुभूतियों में एकाध बातें अपने मन से जोड़ दे रहा था...अपनी बात को अधिक प्रभावी बनाने के लिए...अपनी बात की तथ्यता सिद्ध करने के लिए... पक्की बात!"

"तुम इतने विश्वास से कैसे कह सकते हो..." गीत ने तनिक आश्चर्य से पूछा।

"क्योंकि मुझे पता है कि जो कुछ उसने कहा है वह सच हो ही नहीं सकता...मैंने एक-एक बात पर विचार किया है। गीत अब मैं दावे से कह सकता हूँ कि लता की तो मृत्यु हुई ही नहीं थी उस समय। लता तो जीवित थी। दोनों परिवारों की मिलीभगत भी हो सकती है। लता की मौत की झूठी खबर उसे दी गई ताकि वह अपने मन से और अपने जीवन से लता को हमेशा के लिए दूर

कर दे। और उस व्यक्ति ने उस अवसाद की मन:स्थिति में अपनी कल्पना से एक वितान बुन लिया..."

"ओहह..." गीत ने एक दीर्घ निश्वास छोड़ी—"ओहह...और परिवारवालों ने जैसा चाहा, वैसा हुआ भी। लता मर चुकी है यह मानकर उस व्यक्ति ने कभी लता की तलाश करने या उनके परिवारजन से सम्पर्क करने की कोशिश भी नहीं की।

"सोचो गीत..." मैंने विद्रूप स्वर में कहा, "जात-पाँत का ये खेल आज भी जारी है। ऊँच-नीच के नाम पर लोग अपने ही बच्चों को जीवन-भर का दंश देने से नहीं हिचकते। दोनों परिवार मिलकर कितनी चालाकी से उन्हें अलग कर देते हैं।"

"लेकिन..." गीत ने कुछ अचरज से पूछा, "तुम इतने विश्वास से कैसे कह रहे हो कि उस दिन लता की मौत नहीं हुई थी? तुम कैसे जानते हो कि लता जीवित थी...एक बात और बताओ...फिर तुमने क्यों कहा कि कुछ अविश्वसनीय घटा था...तुम परेशान क्यों हो इतना और पसीना क्यों चुहचुहा आया है तुम्हारे माथे पर...हुआ क्या?"

"लता को हम जानते हैं ना गीत...लता को नहीं जानते क्या हम? उफ!! उस दिन मेरी समझ में क्यों नहीं आई यह बात। आज तुम्हें बताते समय एक-एक बात स्पष्ट होती चली गई..."

"लता...कौन लता...? कौन है लता...क्या बोले जा रहे तुम...?"

"अभी तुम्हें यह सुनाते हुए ही मुझे ध्यान में आया कि बुआ...सुनो गीत... बुआ...बुआ के हाथ में 'अरविन्द' गुदवाया हुआ था, ध्यान है ना तुम्हें?"

मानो कोई विस्फोट हुआ।

"बुआ...बुआ? अपनी बुआ...?" गीत की आवाज थरथरा रही थी— "बुआ की बात क्यों कर रहे हो...क्या हुआ है तुम्हें...दिमाग तो नहीं चल गया तुम्हारा...?"

मैं धम्म से कुर्सी पर बैठ गया।

"क्या तुम वही कह रहे हो जो मैं समझ रही हूँ..." गीत का चेहरा अचानक फक पड़ गया...वह अवाक थी।

"हाँ गीत...बुआ का देहान्त तो अभी पिछले साल हुआ है। कितनी सुन्दर थी न बुआ...और कितनी प्यारी...गीत ध्यान रहे...इस घटना का किसी को कभी पता न चले...बुआ अब इस दुनिया में नहीं है..."

"लेकिन ऐसा कैसे हो सकता है...बुआ का नाम तो कुसुम था..."—गीत की आवाज मानो किसी गहरे कुएँ से आ रही थी।

"पूरा नाम कुसुमलता था। पिता जब तक जीवित रहे...बुआ को लता कहते रहे...वह छोटी थीं उनसे...पूरा नाम कुसुमलता ही है..."

"तुमने देखा था ना गीत...बुआ ने अपने हाथ में 'अरविन्द' गुदवाया हुआ था। पूछने पर हर बार कहती थीं कि भगवान श्रीकृष्ण का एक नाम है यह तो... ईश्वर का नाम अंकित करने की परम्परा...। हम सन्देह करते भी क्यों बुआ की किसी बात पर। हम पूछते थे शादी क्यों नहीं की बुआ? बुआ जो बताती थीं हम मान लेते थे। "कोई मिला ही नहीं मेरे जोड़ का"—बुआ हँसती। कभी मेरा सिर अपनी गोदी में भींचकर कहती, "शादी कर लेती तो अपने लाड़ले लड्डू के पास कैसे रह पाती। ले जाता ना कोई मुझे सात समन्दर पार।" कई बार हुमच-हुमचकर रोती थीं। हम सन्न रह जाते थे। जब पूछते क्यों रो रही हो बुआ, तो कहती थीं कि "कभी-कभी रोना भी चाहिए जीवन में।" फिर एकदम से हँसने लगती थीं।

"एक-एक बात अब महसूस हो रही है। एक-एक परत खुल रही है। हर बात का अर्थ स्पष्ट हो रहा है गीत...खुशी के खास मौकों पर बुआ बड़े लजीज गुड़ के सन्देश बनाती थी, तो उसकी आँखों की चमक का रहस्य मुझे आज समझ में आता है...और अपने देहान्त से एक रात पहले अस्पताल में उसने 'गुनाहों का देवता' के कितने अंश सुने थे। बुआ को रटी हुई थी वह किताब। मुझसे कहती थी पेज एक सौ सत्तर खोलो...हाँ, सुधा का पत्र पढ़कर सुनाओ। पृष्ठ एक सौ तिरालीस देखो जिसमें शैली की कविता का उल्लेख है...फलाँ पन्ना देखो जिसमें...दरअसल वह सुधा और चन्दर की बजाय अपने और अरविन्द के अधूरे प्रेम के दर्द को महसूस कर रही थी।

"प्रेम बुआ के जीवन में संगीत की तरह गूँजता रहा। उत्कट प्रेम गीत। उत्कट प्रेम। बुआ ने प्यार को कितने गहरे महसूस किया था कि पचास साल

बाद भी वह उसमें डूबी फिर रही थी...सबसे सब कुछ छिपाए हुए...पूरा जीवन अकेले काट दिया।"

"वह इस दुख को महसूस कर रही थी, तभी न हम दोनों के धर्म अलग होने के बावजूद बुआ ने हमारी-तुम्हारी शादी के लिए पूरी ताकत लगा दी थी... यह दरअसल उनके अपने प्रेम की असफलता का प्रतिरोध था।"

"और तो और...प्रेम इतना गाढ़ा और मन की गहराइयों तक समाया हुआ कि पूरा जीवन बुआ ने इसी घर में बिताया, अम्मा-बाबूजी को तो खैर सब पता ही होगा...बुआ की इस स्थिति के लिए वे लोग कितने जिम्मेदार थे ये तो नहीं पता...लेकिन इतना समय साथ बिताने पर भी घर में बाकी किसी को कुछ भनक नहीं लगती। बुआ ने हमसे साझा ही नहीं किया अपना दर्द और अकेलापन। और इतने समय बाद हमें समझ में आता है कि अरे, ये तो हमारी कहानी थी, जब सुनानेवाला जा चुका होता है, और कहानी की नायिका भी इस दुनिया से दूर जा चुकी है।"

आँसू गीत की आँखों से उसके गालों पर उतर आए थे। बिना आवाज किए रो रही थी गीत।

फिर वह बोली, "मतलब उस व्यक्ति ने...अरविन्द ने, बुआ के बारे में यह मान लिया था कि बुआ मर चुकी है और वह उस दिन, यानी यह तो तय है कि वह उस दिन केवल सम्भ्रम की स्थिति में था। आत्मावाली बात, आलौकिक, रहस्यमयी और अविश्वसनीय बातों का तो प्रश्न ही नहीं उठता, क्योंकि बुआ तो जिन्दा थी...एक विभ्रान्ति की अवस्था...और कुछ नहीं..."

"हाँ गीत...लेकिन अलौकिक और अविश्वसनीय की हम क्या बात करें... जबकि इस पूरी कायनात में अकस्मात एक आदमी कहीं रास्ते में मिलता है, जो हमारे ही जीवन के छिपे हुए रहस्यों की परतें उघाड़कर चला जाता है। हमारी ही अब तक अबूझ कहानी हमें ही सुनाकर चला जाता है। फिजिक्स के किन नियमों से झुठलाऊँ इस सच को। इसे अलौकिक नहीं मानती तुम?"

गीत अब फूट-फूटकर रो रही थी।

हवा के हलके झोंके से बगल के कमरे का दरवाजा चर्रर्र...की आवाज के

साथ खुल गया था। मोगरे की भीनी महक नथुनों में घुसी। मैंने नजर ऊपर उठाई तो दीवार पर लगा बुआ का फुल साइज पोर्ट्रेट दिखाई दिया। एक विचित्र-सा सम्मोहन था इस चित्र में। रत्नजड़ित आसन पर बुआ दिव्य नजर आ रही थी। उसका बायाँ हाथ दाहिने हाथ के ऊपर था। रेशम की सुर्ख साड़ी में बुआ मुस्कुरा रही थी। बड़ी-बड़ी काजलवाली आँखें मानो कुछ कहना चाहती थीं। बुआ की अलकें स्याह घने बादलों की तरह उमगकर तसवीर के रंगों में घुल-मिल गई थीं। गालों पर हल्की लाली और सलज्ज मुस्कान। बालों की लट में गूँथा हुआ मोगरे का गजरा भी दिखाई दे रहा था। गोरे माथे पर हरी बिन्दी में बुआ बहुत सुन्दर लग रही थी। तसवीर में भी बुआ के गहनों की छटा अनूठी थी। दमकती हुई बालियों, हीरे की लौंग, झिलमिल करते कुन्दन के पैंडल और नफासत से मीनाकारी की गई सोने की चूड़ियों के बीच बुआ के बाएँ हाथ की अनामिका में निकिल की अँगूठी अलग से उठकर दिखाई दे रही थी।

('हंस', सितम्बर, 2022)

सात क्रान्तिकारी

हम आठ थे।

तब तक ग्रुप पर हमारा झगड़ा शुरू नहीं हुआ था।

अजय ने मैसेज डाला था व्हाट्सएप पर—"डोंट वरी! मैं भी शाम की पार्टी में शामिल हो रहा हूँ। मैं ऑफिस से घर आ चुका हूँ।"

अजय के मैसेज के नीचे एक 'स्माइली' भी दाँत निपोर रहा था।

पार्टी का प्रस्ताव सिल्विया का था। उस मरघिल्ली को अपने काम की पहली तनख्वाह मिली थी। हम सभी दोस्तों को उसने सूचना दी थी। हम कुल मिलाकर आठ थे और सभी व्हाट्सएप पर जुड़े थे। सभी समाज को बदलने का दावा करते फिरते थे और अपने-आपको इंकलाबी साबित करने का कोई मौका छोड़ते नहीं थे। कम-से-कम समाज को सुधारने और देश व दुनिया को बेहतर बनाने के लिए हमारी धुआँधार बहसों का कोई अन्त नहीं था। मैक्सिम गोर्की की 'माँ' किताब के पात्रों की तरह हम निरन्तर बैठकें करते थे। बस हमारी बैठकों का स्थान आठों में से किसी का भी घर, कोई चायखाना, कोई बगीचा या बस-स्टैंड भी हो सकता था या फिर आज की तरह स्टार कैटेगरी का रेस्तराँ भी। ग्रुप का नाम भी बड़ा जोशीला था—'एट रिवोल्यूशनरीज।' हालाँकि आयशा कहती थी कि रिवोल्यूशनरी नहीं होता, रिवोल्यूशनिस्ट होता है, पर कोई तब्दीली किए बिना मैंने नीचे सिर्फ हिन्दी अनुवाद डाल दिया था—"आठ क्रान्तिकारी।"

अजय बैंक में था और उसकी बहन संजना किसी मल्टीप्लेक्स के सेल्स़ डिपार्डमेंट में थी।

अजय का मैसेज देखकर मैं कुढ़ गया।

जब भी कोई काम हो या कोई कार्यक्रम हो, तो अजय बैंक के काम और व्यस्तता का रोना रोने लगता था। अभी पिछले रविवार को भी किसानों के समर्थन में चित्रों की एक प्रदर्शनी में जाने का कार्यक्रम बना था। वहाँ हमें सुबह से शाम तक किसानों के साथ बैठना भी था। तब उसी दिन, ऐन समय पर अजय ने बताया कि मार्च में कोई छुट्टी नहीं। रविवार भी ऑफिस। उस बेवकूफ के कारण सबका कार्यक्रम खराब हुआ, लेकिन आज जब सिल्विया ने पार्टी का प्रस्ताव दिया, तो वह न केवल पाँच बजे घर पहुँच चुका था, बल्कि मोबाइल पर भी उपलब्ध था और ग्रुप में चुटकुले डाल रहा था।

मेरी गलती इतनी ही थी कि मैंने चिढ़कर अजय से पूछ लिया था कि, "अबे, तुझे मार्च में कहाँ से समय मिल गया? बैंक कैसे मेहरबान हो गया तुझ पर? रात दस बजे से पहले तो घर नहीं आ सकता तू, फिर आज पाँच बजे तेरे चरण-कमल घर में कैसे?"

मैंने आगे लिखा था, "किसानों के समर्थन में जाना हो, तो तू बिजी रहता है और पार्टी में जाने के लिए समय ही समय!"

अजय जवाब देने से पहले जरूर गर्व से हँसा होगा। मैं गारंटी दे सकता हूँ। खूब जानता हूँ मैं उसे। उसका रिप्लाई मैसेज था—

"मैंने ऑफिस में कह दिया कि मेरी बहन को लड़के-वाले देखने आ रहे हैं। फिर कोई क्या रोकता। इसके बाद तो इधर चार बजे नहीं कि बॉस खुद पूछने लगा कि रुके क्यों हो अब तक? बस, मैंने बाइक निकाल ली।"

बस इतनी सी बात थी। पर झगड़े की शुरुआत का ठीकरा मेरे सिर पर फोड़ा गया।

संजना ने चिढ़कर लिखा था, "तूने ऑफिस में मेरा नाम क्यों लिया? क्यों लिया मेरा नाम? मुझे यह सब बिलकुल पसन्द नहीं! मैं कोई कमोडिटी नहीं हूँ कि कोई लड़का मुझे देखने आए..."

"तू है कहाँ...?"

"तुझे इससे क्या? कम्पनी के स्टोर पर हूँ। तू समझता क्या है अपने को?"

तब तक आयशा ने संजना के समर्थन में एक ऊर्ध्वमुखी अँगूठा भेज दिया था—'थम्स अप'

"ज्यादा हल्ला मत कर,"—अजय का भी गर्मीवाला मैसेज था, "मैंने कोई तेरा नाम नहीं लिया ऑफिस में। कोई तेरी फोटो नहीं दिखा दी ऑफिस में। बड़ी आई! बस इतना कहा कि लड़केवाले मेरी सिस्टर को देखने आ रहे हैं..."

"तो अपने लिए कह देता...अपने लिए बोल देता कि बैंकर अजय कुमार को देखने लड़कीवाले आ रहे हैं...ऐसी बातों के लिए लड़कियाँ ही दिखाई देती हैं तुझे...?"

"चुप रह...बकवास मत कर!!"

"तू चुप रह..."

संवाद जोर पकड़ रहा था।

मुझे पता है कि गुस्से में संजना की नाक लाल हो जाती है। हम इसका सन्दर्भ लेकर कई बार उसे कहते भी थे कि असली कम्युनिस्ट तो तू ही है।

"यह हमारा ही देश है कि कोई कुछ भी बोल देता है लड़कियों के बारे में। कई देशों में तो सजा हो जाए इस पर"—संजना का मैसेज उभरा।

खीझा हुआ अजय : क्यों हो जाए...बहन को लड़केवाले देखने आ रहे हैं, ये कहना कोई अपराध हो गया?

अड़ी हुई संजना : हाँ हो गया अपराध...ये अपराध ही है...

आक्रामक अजय : दिन को रात कहेगी, तो मान लेंगे क्या सब...अपने फैक्ट्स चेक कर जाकर। बड़ी फेमिनिस्ट बनी फिरती है।

खिसियाई हुई संजना : पहले फेमिनिस्ट का मतलब मालूम कर ले डिक्शनरी में।

अजय आक्रोश में : तू फेमिनिस्ट नहीं है फेमिनाजी है।

संजना अब शायद आगबबूला हो गई होगी—"देख रही हूँ पूजा और

सिल्विया...मैं देख रही हूँ कि तुम दोनों ऑनलाइन हो, लेकिन गलत बात पर भी कोई मेरे सपोर्ट में खड़ी मत होना..."

तब तक बिजोय महापात्रा ने भी अंग्रेजी में लिख दिया था—काइंडली टेल मी दि नेम ऑफ दि होटल एंड सेंड मी लोकेशन। आई विल प्रेफर तन्दूरी चिकेन...

इस सन्देश ने आग में घी का काम किया। चिढ़ी-कुढ़ी संजना का मैसेज था—"तुझे तो बस तन्दूरी चिकेन मिल जाए, बाकी दुनिया को आग लगे तेरी बला से...कयामत भी आ जाएगी ना किसी दिन, तो तू हिमगिरि के शिखर पर कहीं शीतल छाँह में निर्विकार बैठा हुआ, प्रलय-प्रवाह देखते हुए चिकन खाता पाया जाएगा।"

"और उसकी आँखें भी भीगी नहीं होंगी..." मैंने जोड़ा।

"सॉरी यार, बैटरी ऑफ माई मोबाइल इज लो, सो आई जस्ट आस्क्ड... आई विल कम डायरेक्टली फ्रॉम माई क्लासेस।"

"कोई बैटरी-वैटरी लो नहीं है, खाने की बात सुनकर तू बौरा जाता है..."

बिजोय महापात्रा मणिपुर से पढ़ने आया था और सिविल सर्विसेज की तैयारी कर रहा था। उसका रंग गेहुँआ था और कद मध्यम। कद के अनुपात में उसका वजन कोई दस किलो अधिक था। बाल घने थे और सुनहलापन लिये भूरे। वह हमेशा चुस्त जीन्स पैंट पर गाढ़े रंग की टी-शर्ट पहनता था। दुनिया की तकरीबन हर बात की उसे जानकारी थी। हम उसे सर्च-इंजन कहते थे। जब हम बीएमडब्लू कार की बात करते थे, तो वह उसके मालिक और उसके ब्रैंड एम्बेस्डर्स की बात करता था। आर्कटिक और ऐंटार्कटिक एरिया को वह भालुओं के होने और न होने से जोड़ देता था, ऑर्गेनिक और इनऑर्गेनिक केमिस्ट्री का फर्क वही हमें समझाता था। हमारा साथी दीपक दावा करता था कि बिजोय उप-राज्यपाल के अधिकार, अंडमान निकोबार क्षेत्र में गन्ने की खेती के लिए लगनेवाले उर्वरक के नाम और शहर के मावा एसोसिएशन के अध्यक्ष द्वारा जारी मिठाइयों के आज के निर्धारित भाव भी बता सकता है। बिजोय के कपड़ों को लेकर दीपक उसको जरूर टोकता था, "तू ध्यान क्यों नहीं देता खरीदते समय? पैंट नीचे से कसी है लेकिन ऊपर से ढीली है। टी-शर्ट चटक पीले रंग की लेने की क्या तुक

है? अगली बार टी-शर्ट लेने मेरे साथ चलना।" बिजोय इन सलाहों पर अमल तो नहीं ही करता था, ऊपर से दीपक की जैकेट यदि खोलकर रखी हो, तो पहन लेता था। इस बात की परवाह किए बिना कि जैकेट जरूरत से ज्यादा लम्बी है और वह उसमें विचित्र लग रहा है। खुद दीपक के कपड़ों से सुरुचि-सम्पन्नता झलकती थी। कई मौकों पर तो वो सूट या ब्लेजर भी पहन लेता था। कोट-पैंट, जैकेट से लेकर कुर्ते तक सभी में वह जँचता था। उसकी लम्बाई अच्छी थी और वह फिल्मों के हीरो की तरह आकर्षक था।

होस्टल के खाने से आजिज बिजोय हम लोगों के घर या होटल में खाने-पीने का कोई भी मौका छोड़ता नहीं था। सिल्विया कहती थी कि तू खाने के लिए लालायित नहीं, बल्कि उससे भी एक कदम आगे लालायमान रहता है... लालायमान। बिजोय महापात्रा शरमाता था और झेंपता था। उसे खरी-खोटी सुनाने और उसका मजाक उड़ाने के बावजूद मुलाकात की सूरत में सभी उसके लिए कुछ-न-कुछ खाने के लिए लाने की कोशिश अवश्य करते थे।

सिल्विया का जवाबी मैसेज कुछ देर में आया, "तू इतनी पर्सनल क्यों हो रही है संजना?"

"क्यों, तुझे बुरा नहीं लग रहा क्या? तुझे तो कोई फर्क ही नहीं पड़ता। औरत को कोई कुछ भी कहे...तू खुश रह खुद में ही..."

"ए चुप रह...मैं कोई उसका सपोर्ट नहीं कर रही।" मरघिल्ली।

"तू चुप है, इसका मतलब है कि तू उसके साथ है।" लाल नाक।

अजय ने पटाक्षेप करते हुए लिखा, "मैं अब कुछ बात नहीं करूँगा, मुझे तो अभी से भूख लग रही है। डिनर पर मिल रहे हैं ना आठ बजे, तब बात करूँगा। तब जवाब दूँगा सबको। अभी तो मोबाइल बन्द कर रहा हूँ मैं। तब तक जिसको अपनी भैंस चराने का शौक हो, चराता रहे।"

वस्तुतः जंग समाप्त नहीं हुई थी। यह तो केवल युद्ध-विराम था।

रात आठ बजे तक हम कुछ लोग होटल पहुँच गए थे। इस होटल में हम पहले भी आ चुके थे।

टेरेस पर रौनक थी। भीड़ अधिक नहीं थी और एक कॉर्नर की टेबल हमें

दी गई थी। हमारे लिए आठ-दस कुर्सियाँ लगाई गई थीं। मौसम खुशनुमा था। रोशनी कम थी और बिजली के रंगीन कुमकुमों से वातावरण सुखद हो गया था।

"होटल एक्सेलेंट। खाना भी यहाँ का बड़ा लजीज और एम्बिएन्स भी। मस्त!!"—बिजोय अपने अँगूठे और तर्जनी को जोड़कर गोलाकार करते हुए बोला। स्वर उसका सामान्य था, लेकिन वह उत्साहित था और उसकी आवाज में खुशी पकड़ी जा सकती थी।

बिजोय महापात्रा ने टेबल पर मौजूद अचार को चाटना, चटनी को चखना और प्याज को कुतरना शुरू भी कर दिया था। वह बाकियों का लिहाज कर रहा था, अन्यथा उसकी नजर मेज पर रखे मूँगफली और सलाद पर भी थी।

संजना घर न जाकर सीधे कम्पनी से वहाँ पहुँची थी। हैलो, हाय छोड़कर आते ही उसने पर्स को बेमुरव्वती से पटका और अपना दुपट्टा ठीक करते हुए भुनभुनाना शुरू कर दिया, "ऐसे तो बड़ा क्रान्तिकारी विचार दिखाता है। किसानों के पक्ष में खड़ा होता है, औरतों के समर्थन में बात करता है। बस, घर में कोई प्रगति की बात नहीं! दुनिया में सब बदलाव हो, औरत खूब स्वतंत्र हो, लेकिन घर की नहीं...घर के बाहर सारे सुधार हों।"

"पागल मत बन," अजय उलटकर जवाब दे रहा था, "तू जानती है कि मैं फालतू के आडम्बर नहीं करता। लेकिन दिखावे का फेमिनिज्म मुझे पसन्द नहीं। मैं खुद सिगरेट नहीं पीता, इसलिए कोई लड़की कहे कि मैं फेमिनिस्ट हूँ इसलिए मैं भी पुरुष की तरह सिगरेट पिऊँगी, तो यह मुझे स्वीकार नहीं। इसका समर्थन मैं नहीं कर सकता। सिगरेट लड़के के लिए भी बुरा है और इतना ही बुरा लड़की के लिए भी।"

"बात को बदल मत। सिगरेट कहाँ से आ गई बीच में..."

"सिगरेट का एक्जाम्पल दिया है, इतना भी नहीं समझती।"

"पहले गलत बात करता है फिर बातें बनाता है..."

"तू विश्लेषण करती रह। मैं सूप पीने के बाद ही कोई बात करूँगा..."—अजय ने निर्णायक स्वर में कहा।

"मैं पहले जूस लूँगी"—आयशा बोली।

"आई विल गो विद पेप्सी"—संजना ने अपनी लाल नाक को मसलते हुए कहा।

"ठंडा नहीं पीना मुझे...मुझे भूख लगी है। पहले सूप और स्टार्टर्स तो मँगा। होस्ट क्यों चुप बैठी है"—मैं सिल्विया से सम्बोधित हुआ, "खाना खिलाने बुलाया है या 'भूख के तीन दिन' का वाचन करने..."

सिल्विया के बाल घुँघराले थे। उसका कद पाँच फुट तक भी नहीं पहुँचता था। बहुत दुबली थी इसलिए मैं उसे मरघिल्ली कहता था। लेकिन वह बला की खूबसूरत थी। उसकी आवाज में खनखनाहट थी। वह शहर के अंग्रेजी अखबार में एडिटिंग डिपार्टमेंट में थी और खुद को असिस्टेंट एडीटर कहलवाना पसन्द करती थी। वह कहती थी कि मैं प्रूफ रीडिंग करूँ या टाइपिंग करूँ, काम तो मेरा सम्पादकवाला ही है।

"पूजा और दीपक आए नहीं अभी तक..."—सिल्विया बोली, उसकी आवाज में चर्च की घंटियों की-सी मिठास थी, "दीपक तो खैर फोन उठाता ही नहीं आजकल और पूजा का भी फोन स्विच ऑफ आ रहा है..."

मैं कुढ़ गया।

"वे दोनों तो वीआईपी हैं। दोनों देर करेंगे तो हम सब भूखे बैठे रहें? अरे, वह बाद में ज्वाइन नहीं कर सकते हमें...?"

आयशा प्राइमरी स्कूल में बच्चों को पढ़ाती है, इसलिए नसीहत देने के अन्दाज में बात करती है, "हल्ला मत कर,"—वह बोली, "हल्ला मत कर... आर्डर दे दिया है और तू यहाँ आने के बाद सलाद और चार पापड़ खा चुका है। दिखाई सब देता है मुझे। काटने को मत दौड़ हर बात में..."

सिल्विया ने कहा, "सबके लिए स्टार्टर्स बोला है। तेरे आने से पहले ही बोला है। अब लगा देगा कुछ देर में...तेरे और बिजोय के लिए कॉर्न सूप मँगाया है।"

"यह लड़कियोंवाला सूप मैं नहीं लूँगा," बिजोय ने मुँह बिचकाया, "मेरे लिए चिकन तन्दूरी और मनचाओ सूप...पहले ही बताया था..."

"लड़कियोंवाला...?" संजना ने भृकुटी तानी—"अब लड़का-लड़की का अलग कुछ नहीं है। बाथ-टॉयलेट भी यूनिसेक्स होता है..."

"ओह...आई एम सॉरी...मैं तो इसलिए बोला कि लड़की लोग कॉर्न-सूप पसन्द करता है जेनेरेली..." बिजोय शर्मिन्दा हुआ।

"जेनेरेली..." संजना ने नकल उतारी।

तब तक वेटरों ने कुछ परोसना शुरू कर दिया।

"तू एक तख्ती लटका ले गले में 'फेमिनिस्ट' और पुरुषों से बात करना भी बन्द कर दे...क्योंकि सारे-के-सारे बदमाश ही होते हैं।" मैं चिढ़कर बोला।

"तू चुप रह...तेरे पापा लॉयर हैं, तो तुझे लगता है कि सारी कायनात तूने खरीद ली है। ये जो गुलछर्रे उड़ा रहा है ना तू और होंडा सिटी में घूम रहा है ना...वो तेरी अपनी कमाई से नहीं है।

"ए सिरफिरी..." मैं भड़ककर बोला..."तेरा झगड़ा अजय से है। तेरी नाराजगी पूजा से है और गुस्सा उतार रही है मुझ पर। फादर वकील हैं तो क्या? मैं भी एलएलएम कर चुका हूँ और जब चाहूँ काला कोट ओढ़ सकता हूँ, जब चाहूँ प्रैक्टिस शुरू कर सकता हूँ।"

"झगड़ा शुरू ही तेरे कारण हुआ आज। अजय जल्दी आए चाहे देर से... तुझे क्या जरूरत थी अजय से पूछने की..."

"वाह रे वाह..." मैंने कहा, "बैंक में बहाना बनाए अजय। झगड़ा करो तुम लोग और बिल फाड़ो मेरे नाम पर। ठीकरा फोड़ो मेरे सिर पर।"

सिल्विया बोली, "अरे तुम लोग मेरे सेलिब्रेशन में आए हो या दंगल करने? तू समझाता क्यों नहीं इनको बिजोय..."

"गुड...गुड..." बिजोय बोला, "तन्दूरी चिकन इज गुड..." कान में इयरफोन लगाए वह अपनी दुनिया में था। सबको अपनी तरफ देखते पाकर वह हड़बड़ा गया।

सभी एक झटके से हँसे। उसकी घबराहट देखकर हम अपनी हँसी नहीं रोक पाए।

"इन दोनों को इतनी भी कर्टसी नहीं कि देर हो रही है, तो एक मैसेज कर दें हमें।" कुछ देर बाद संजना बोली। बस तभी पूजा रेस्टोरेंट के दरवाजे पर दिखाई दी।

"पूजा आ गई है..." फिर मैंने कहा। संजना ने मुँह बनाया। पूजा से चिढ़ी हुई है वह। पूजा की विपरीत दिशा में देखते हुए वह ठंडा पीने लगी।

"संजना..." अजय ने कुछ कड़े स्वर में कहा, "यह ठीक नहीं। व्हाट्सएप पर पूजा ने सपोर्ट नहीं किया...छोटी सी बात है। यह सब चीजें लड़ने की नहीं होतीं। थोड़ी समझदार बन। बड़ी हो गई है। बच्चों की तरह लड़ना ठीक नहीं है।"

"अब तू सिखाने मत बैठ मुझे...वह मेरी सहेली है, मुझे पता है कि उससे कब लड़ना है और कब मिल्ली करनी है। तू हमेशा रोब मत दिखा। यह मत भूल कि बड़ा नहीं है तू मुझसे। ट्विन्स हैं हम।"

"हाँ...लेकिन तुझसे पन्द्रह मिनट पहले पैदा हुआ हूँ। उस लिहाज से बड़ा ही हूँ तुझसे। पन्द्रह मिनट बड़ा। इस अन्तर को तू क्या, अब भगवान भी नहीं बदल सकता।"

"'बड़े भाईसाहब' पढ़कर आया है और वैसे ही व्यवहार किया कर..." मुँह बिसूरकर बोली संजना, "पन्द्रह मिनट के बल पर जिन्दगी-भर मुझ पर रोब गाँठता फिर।"

तब तक पूजा पास आ गई थी। सलीके से पहनी गई शिफॉन की मूँगे के रंग की साड़ी में वह भली प्रतीत हो रही थी। उसे छरहरी भी नहीं कह सकते और मोटी तो हरगिज नहीं! उसकी सुगठित काया, साफ रंग, गोल चेहरा और पोनी टेल उसे बेहद आकर्षक बना रहे थे।

"लेट-लतीफ...देर से आने का तो तूने ठेका लिया हुआ है। नौ से ऊपर हो गया।" मैंने कहा।

सिल्विया बोली, "ये हम लोगों की तरह सीधे काम से यहाँ नहीं पहुँच सकती ना। नर्स के यूनिफॉर्म में कित्ता अजीब लगेगी।"

पूजा ने नर्सिंग का कोर्स किया था और अब एक स्थानीय अस्पताल में सेवाएँ दे रही थी। हम सभी हँसे, लेकिन पूजा चुप रही।

"हम खाना खाने के लिए थोड़े ही इकट्ठा होते हैं। हम तो बहस करने, गप्पा-गोष्ठी और हल्ले-गुल्ले के लिए मिलते हैं। इसलिए जल्दी आया कर..." मैंने कहा, "चल कोई नहीं, दीपक कहाँ है?"

पूजा के कुछ बोलने से पहले ही संजना भड़ककर बोली, "ये सब बातें होती रहेंगी...पहले यह बता पूजा कि तुझे कुछ गलत नहीं लगा अजय की बातों में। इसने अपने ऑफिस में कह दिया कि मेरी बहन को लड़केवाले देखने आ रहे हैं। हम क्या कोई देखनेवाली चीजें हैं। अब अगर कोई लड़की आएगी इसको देखने...हैं? तब इसको बर्दाश्त होगा?"

"अजय के विचार हमें पता है। वो ऐसा नहीं है। सहज ही ऑफिस में कह दिया उसने। ये तो बात का बतंगड़ बनानेवाली बात हो गई..." संजना के बगल में बैठते हुए पूजा धीमे स्वर में बोली।

"तू है ही ऐसी...तू कभी खुलकर विरोध करती नहीं। सही बात के पक्ष में खड़ी होती ही नहीं। मौका और स्थिति देखकर ही समर्थन करती है। कहीं इसे बुरा न लग जाए...कहीं वो रूठ ना जाए। मुँह मत खुलवा मेरा...दीपक भी इतना गलत जा रहा है आजकल...पर तू तो अपना हाथ आधा खड़ा रखना और तय करना उसी समय पर कि कब किसके पक्ष में हाथ उठाना है। अरे दिनकर जी ने तेरे जैसे फेन्स पर बैठे लोगों के लिए ही लिखा है जो तटस्थ हैं वक्त कल उनसे भी माँगेगा हिसाब...और ऐसा ही कुछ लिखा है कि समय लिखेगा उनका भी अपराध..."

"पहले पढ़ तो ले कविवर दिनकर की कविता ठीक से"—आयशा बोली।

"एक इधर का पक्ष होता है, एक उधर का। साथ ही, एक तटस्थ रहनेवालों का और एक बिजोय की तरह खाने में मस्त रहनेवालों का।" मैंने कहा।

सब हँसे। बिजोय भी मुँह चलाते हुए संकोच से हँसा। पूजा शान्त थी। एक शब्द नहीं कहा उसने। अमूमन ऐसा होता नहीं, पर वह आज बिलकुल चुप थी।

"उसे साँस तो लेने दे। हम सिल्विया की पहली तनख्वाह का जश्न मनाने आए हैं..." मैंने हलके से डाँटा संजना को।

फिर पूजा धीरे से बोली, "इतनी कोई बात नहीं हुई संजना। मैं फिर कहती हूँ कि अजय ने सहज भाव में कही है यह बात। यहाँ इतना स्त्रीवादी बनने की जरूरत नहीं है। कम-से-कम इस बात में तू अति कर रही है..."

"देख मैं कहता था ना? तुम सब एक तरफ मैं और पूजा एक तरफ। मतलब पूजा जानती है कि क्रान्ति और प्रगति के नाम पर बेवकूफियों के लिए कोई जगह

नहीं है।" समर्थन मिलने से उत्साहित स्वर में अजय ने कहा।

"पूजा तो दब्बू ही है और दब्बू ही रहेगी। दीपक के साथ भी गुडी-गुडी में लगी रहती है।" संजना मुँह बनाकर बोली।

"अरे चुप क्यों है तू...आज तूफान इतना शान्त क्यों है?" सिल्विया ने कहा भी और पूछा भी।

"दीपक किधर है?" मैंने पूछा, "इतनी देर हो गई यार! तुम लोगों की तरह रात दो बजे तक सोने की आदत नहीं है मेरी। मुझे ऑफिस जल्दी जाना पड़ता है।"

"अरे, क्या हुआ? बोल ना, चुप क्यों है? मेरी कोई बात बुरी लगी क्या?" संजना बोली।

"सब खत्म आज!" धीमे स्वर में कहा पूजा ने।

"क्या? क्या कहा? सुनाई नहीं दिया..." मैंने सशंक स्वर में कहा।

"दीपक से ब्रेक-अप कर लिया है यार...उसे छोड़ दिया है...छोड़ दिया है" उसकी आवाज तेज हो गई, "हाँ...हाँ...छोड़ दिया है और वह भी हमेशा के लिए..." उसने आगे कहा।

हम सभी सन्न रह गए। संजना चम्मच हाथ में घुमा रही थी, जो उसके हाथ से छूटकर नीचे गिर गया।

हम सभी के हाथ थम गए।

छह जोड़ी आँखें अपार विस्मय से पूजा को देख रही थीं।

"फालतू की बकवास मत कर", मैंने कहा।

"आई एम सीरियस..." पूजा ने कहा, "बकवास भी नहीं कर रही हूँ और मजाक भी नहीं कर रही हूँ मैं..." किसी निर्जन गुफा के भीतर से आ रही थी उसकी आवाज। उसका स्वर इतना सर्द था कि हम काठ हो गए।

"अरे बेवकूफ," सिल्विया फिर बोली, "बीस दिन बाद तेरी शादी है। क्या पागलपन है? क्या बेवकूफी भरी बातें कर रही है तू?"

विश्वास किसी को भी नहीं हो रहा था, लेकिन पूजा का चेहरा जर्द था। हम सभी भौचक्के रह गए थे।

"झूठ मत बोल...कार्ड छप गए हैं तेरे। माँ-बाबू आनेवाले हैं तेरे अगले सप्ताह...भुवनेश्वर से। रिश्तेदार भी पहुँचनेवाले हैं कुछ दिन बाद। कार्ड छप चुके हैं..."

"तू कार्ड छपने की बात कर रही है, अरे शादी हो चुकी होती ना...तो भी छोड़ देती उसे।" पूजा ने बात काटकर कहा।

संजना ने घबराकर उसके दोनों हाथ पकड़ लिये—"क्या हुआ? तू मुझे बता क्या हुआ? झगड़ा किया...झगड़ा किया ना उसने? तू चिन्ता क्यों करती है। बत्ती देंगे ना उसको। दीपक लड़ा है ना तेरे साथ। अकल ठिकाने लाएँगे उसकी। ऐसे नासमझी में बात नहीं करते पूजा..."

"सब समझकर कह रही हूँ संजना।" विचित्र आवाज में पूजा बोल रही थी।

"क्या हुआ?" आयशा बोली, "कोई दूसरी लड़की का चक्कर है?"

पूजा ने इनकार में सिर हिलाया।

"हुआ क्या है? तू सिरफ हमें बताने का...रास्ता निकालेंगे ना हम कुछ", बिजोय आत्मीयता से बोला।

"कोई रास्ता नहीं बिजोय। मैं 'प्वाइंट आफ नो रिटर्न' पर खड़ी हूँ..."

"अरे, अब मुँह से बोलेगी भी कुछ..." मैं उत्तेजित स्वर में बोला, "पहेलियाँ मत बुझा। आखिर बात क्या हुई?"

"क्या बताऊँ और क्या-क्या बताऊँ तुम सबको...दीपक वैसा नहीं है यार, जैसा तुम लोग समझते हो। वैसा नहीं है जैसा मैं उसे समझती थी। वो जो अपने चैनल के लिए तैयार कर रहा था ना रिपोर्ट...जिले की लड़की अतिया के रेप की रिपोर्ट..."

सभी चौंके।

"हाँ, उसमें क्या नया है..." मैंने कहा, "ओपन एंड शट केस है। किसे नहीं पता एमएलए ने बलात्कार किया और जब अतिया रिपोर्ट लिखाने जा रही थी तो उसे जिन्दा जला दिया गया। सबको मालूम है..."

"खाक मालूम है!" भड़क गई अचानक पूजा। पता नहीं, मन में कितना कुछ दबाकर रखा था। वह थरथरा रही थी, "एमएलए की तरफ से लोग आए

थे। कई दिनों से उसके सम्पर्क में हैं वे लोग। और दीपक ने रिपोर्ट बनाई है कि बलात्कार तो हुआ ही नहीं और...और अतिया की मौत तो बस एक हादसा थी।"

"यह क्या बोल रही है...?"

"क्या कह रही है...??"

"बे-सिर-पैर की बात क्यों कर रही है...???"

हम सभी अपने-आपसे बात कर रहे थे।

"हाँ, उसकी रिपोर्ट सभी चैनलों पर भी है आज। मैं तो सीधे उसके स्टूडियो पहुँच गई थी। बात की मैंने उससे...तो कहता है कि चैनल का मालिक यही चाहता है। फिर बोला लड़की के साथ जो होना है, वो तो हो चुका...अब मैं रिपोर्ट क्या बनाता हूँ उससे क्या फर्क पड़ जाएगा...लड़की तो वापस जिन्दा नहीं हो जाएगी। फिर कहता है कि 'कलरफुल फ्यूचर' के लिए थोड़े-बहुत समझौते करने पड़ते हैं..."

"तुझे कुछ गलतफहमी हुई है यार"—मैंने विस्फारित नेत्रों से उसे एकटक देखते हुए कहा।

"इतनी कमअक्ल नहीं हूँ..." पूजा अचानक बोली, "समझती सब हूँ मैं। नावाँ खूब मिल रहा है उसे। खूब खर्च करता है आजकल। जबकि तनख्वाह क्या है उसकी, पचीस-तीस हजार महीना। पिछले हफ्ते कह रहा था कि शादी के तुरन्त बाद फ्लैट लेगा सैटेलाइट एरिया में। चालीस लाख का फ्लैट और वह भी बिना लोन लिये।"

हम सभी अवाक थे।

"हम सभी के साथ बातें तो बड़े सिद्धान्तोंवाली करता था। तू भी तो उसे बड़ा आदर्श पत्रकार समझती थी..." आयशा ने किंचित विस्मय से कहा।

"शायद तुम लोगों ने ध्यान से उसे पिछले कुछ समय से सुना नहीं है। टीवी पर उसकी रिपोर्टें देखी नहीं हैं। लेकिन मैं देख रही हूँ। संवेदनहीन पत्रकार के रूप में देख रही हूँ। मलाई खाने का शौक उसे अभी कुछ समय से लगा है। धर्म के नाम पर वैमनस्य बढ़ाता है। चिल्ला-चिल्लाकर सच को झूठ और झूठ को सच करता है। सच जानते हुए भी पूरी संवेदनहीनता से स्थानीय सरकार के पक्ष में

अपनी बात कहता है...और...और मेरे समझाने पर उसने साफ कह दिया है कि किसी भी कीमत पर...किसी भी कीमत पर वह यह सब छोड़ नहीं सकता..."

शून्य में देखते हुए पूजा कहे जा रही थी, "सारी नैतिकता भुलाकर गलत लोगों के शान में कसीदे पढ़ता है। मैं महीने-भर से उसे देख रही हूँ और एंगेजमेंट के बाद तो पूरे ध्यान से नजर रखने का मौका मिला है। सच जानते हुए भी तानाशाही के पक्ष में क्रूरता से चिल्लाता है, केवल कुछ पैसों के लिए...? सोचो !!

"हाँ...वह तो मुझे भी लगा था...कई बार वह गलत लगा है, लेकिन इस स्तर तक पहुँच गया है इसका अन्दाजा नहीं था मुझे।" अजय ने कहा।

"और आज तो अति ही हो गई ना! सब जानते हुए भी दीपक एक बलात्कारी को भगवान बना रहा है और लोग तो वही मानेंगे जो देखेंगे।" पूजा बोली, "अब बताओ कोई रास्ता है मेरे पास?"

"सब ठीक है यार..." संजना बोली, "लेकिन तेरी एक पूरी सुखी और सम्पन्न जिन्दगी का सवाल है। इतनी कम उम्र में दीपक ने अपने प्रेजेंटेशन स्किल से अपनी पहचान बनाई है। अद्भुत वाक-कौशल है उसका। सुननेवाले मंत्रमुग्ध हो जाते हैं। आगे कितनी तरक्की करेगा। ऐसा करेगी तू तो सब छूट जाएगा ना एक झटके से..."

पूजा ने जलती आँखों से संजना को देखा, "तो क्या ख्वाबों की कीमत पर इतना बड़ा समझौता कर लूँ? रहूँगी कैसे उसके साथ..."

माहौल एकदम बदल गया था। टेबल पर रोशनी कुछ तेज हो गई थी। आसपास की मेजों पर कुछ लोग आना शुरू हो गए थे, पर हमारी टीम पर किसी का विशेष ध्यान नहीं था। सब अपने में मस्त थे।

आयशा ने कहा, "चिन्ता मत कर। हम सब तेरे साथ हैं। तेरे अम्मा-बाबू को भी समझाएँगे और तुझे क्या चिन्ता है। तू तो पढ़ी-लिखी है, अपने पैरों पर खड़ी है। तेरे लिए अच्छे लड़कों की कोई कमी है क्या?"

सिल्विया हिचककर बोली, "देख बात को समझ, माने तू तो समझदार है ही...है न? लेकिन शादी तय हो ही गई थी तो...समझ रही है ना...दरअसल तू तो पिछले कुछ समय से उसके साथ...अम्म...मेरा मतलब है दीपक के साथ

थोड़ा...मतलब इंटिमेसी वाली बात...तो मैं वही पूछ रही हूँ कि कुछ किया तो नहीं है ना? मतलब फिजिकल रिलेशन...और बच्चे-वच्चे का कोई मामला तो नहीं ना अभी? सीधी बात कहूँ तो प्रेग्नेंट तो नहीं हुई है ना...?" इतना पूछने-भर में हाँफने लगी थी सिल्विया।

"प्रेग्नेंट होती ना...तो भी पीछे नहीं हटती।" पूजा दृढ़ता से बोली।

"हम तो दीपक के साथ तुझे भी गलत समझते थे कई बार...तू तो सचमुच क्रान्तिकारी निकली। हम सिद्धान्तों की इतनी दुहाई देते हैं, लेकिन तू तो अमल में ला रही है...हम सबसे कितना ऊँचा उठ गई है तू।" अजय ने कहा।

मैंने भर्राए गले से कहा, "तू चिन्ता मत करना। मैं जिन्दगी-भर तेरे साथ हूँ। तुझे कोई तकलीफ नहीं होने दूँगा।"

"ज्यादा सिम्पैथी मत दिखा," पूजा इतनी देर बाद अब अपने रंग में लौटी—"ज्यादा सिम्पैथी मत दिखा, मैं कोई तेरे से शादी नहीं करनेवाली हूँ।"

मुझे छोड़कर सब हँसे। संजना ने तो ताली भी बजाई।

"समय पर सही फैसला कितना सुकून देता है। अरे, मैं तो खुश हूँ आज..." पूजा दृढ़ता से बोली, "सिल्विया, तेरी पहली तनख्वाह की बात है वरना पार्टी तो आज मेरी तरफ से होती।"

सिल्विया अचानक बोली, "लो भई, खाना भी आ गया।"

"अब दबाकर खा"—संजना अब बिजोय से मुखातिब थी।

"ठहर जाओ सब एक मिनट", मैंने कहा।

सबने मेरी तरफ देखा। कुछ आश्चर्य से।

मैं मोबाइल के बटनों से खेलने लगा।

"ग्रुप का नाम पहले बदल देता हूँ," मैंने कहा, "सात क्रान्तिकारी! सेवेन रिवोल्यूशनरीज!!"

('वागर्थ', अगस्त, 2022)

जन्नत के बगीचे का फूल

मैंने उसका हाथ ऐंठ दिया।

"ओ.. आहह..." एक कराह उसके मुँह से निकली।

हाथ ऐंठे जाने से वह आधा झुक गई। हाथ मुड़ गया था उसका। दर्द के कारण झुकने के लिए बाध्य हो गई वह।

मैंने एक चाँटा लगाया उसके गाल पर। चाँटा जितने जोर से मारा था, उसके अनुपात में बहुत अधिक जोर से वो चिल्लाई—"ओ माँ..."

उसके दर्द की परवाह न करते हुए मैंने कहा, "मानती हो न कि औरत कमजोर होती है...तमाम बराबरी के दावों के बावजूद औरत कमजोर होती है।"

"नहीं मानती..."—उसने चिल्लाकर कहा। वह छूटने के लिए पूरा विरोध कर रही थी।

किचन की खिड़की से धूप का एक सहमा हुआ कतरा भीतर आकर अब तक एक कोने में शान्त और स्थिर दुबका हुआ था, पर उसकी गतिविधियों के कारण वह आकार बदलने लगा था और इधर से उधर डोलने लगा था। हाथ छुड़ाने की उसकी छीना-झपटी के साथ लग रहा था कि धूप का कतरा अब आँख-मिचौली खेल रहा है।

"कम-से-कम शारीरिक रूप से तो होती ही है कमजोर, इतना तो मानोगी ना...?"—मैंने उसके हाथ को पूर्ववत ऐंठे हुए कहा। इस स्थिति में वह सिर ऊपर नहीं उठा पा रही थी। झुकने से उसके लम्बे घने बाल नीचे लहराकर फर्श

को छू रहे थे। उसके गुलाबी गाल स्याह काले बालों से ढँक गए थे। खुशबूदार साबुन की महक मेरे नथुनों में घुसी।

किचेन बहुत छोटा था और उससे सटे एकमात्र कमरे में ही मेरी कुर्सी-मेज भी थी, मेरा पलँग भी, स्टील की अलमारी और छोटा-सा बुक-शेल्फ भी। बहुत छोटा फ्लैट होने के बावजूद बहुत सुविधाजनक और स्वयंपूर्ण था। कमरे की खिड़की बड़ी थी और उस पर का पर्दा हवा में छटपटा रहा था। बाहर की सड़क यहाँ से साफ दिखती थी। हम दूसरी मंजिल पर थे। सड़क के किनारे छोटा-सा लेकिन किसी कलाकृति की तरह एक चर्च दिखाई देता था। सड़क की दूसरी तरफ एक स्कूल था। लड़कियों का स्कूल। चर्च की घंटियों की मीठी आवाज के साथ स्कूल की घंटी की टन-टन भी सुनाई देती रहती थी। फिलवक्त स्कूल की घंटी बज चुकी थी और अपनी जगमग नीली यूनिफॉर्म में छोटी-छोटी बच्चियाँ हँसती-खिलखिलाती, शोर मचाती हुई चिड़ियों की तरह इधर से उधर फुदक रही थीं और चहचहा भी रही थीं। स्कूल से घर जाना-भर उनके लिए किसी उत्सव जैसा था। इस मामले में तो बिना शक मुझे लगता है कि सारी दुनिया के बच्चे एक हैं। उनके इस हो-हल्ले में बाकी सारी आवाजें दब गई थीं।

"ओ माँ..." उसने कराहते हुए अपनी पूरी ताकत लगाई और हाथ छुड़ाकर बगल के कैबिनेट के पास खड़ी हो गई। जोर से साँस ली उसने और कैबिनेट की ऊपरी सतह पर रखा फल काटने का चाकू उसने उठा लिया। अब उसकी आँखों में किसी कातिल जैसी वहशी चमक थी और होंठों पर खतरनाक किस्म की मुस्कान।

चाकू का फल लपलपा रहा था।

वह चाकू लेकर तेजी से मुझ पर झपटी।

"अरे...ये क्या ?" मैं भयभीत स्वर में चीखा, "अरे लग जाएगी पगली.. ओओ..."

"मुझे नहीं लगती? आं...तू मारता है तो मुझे नहीं लगती...?" वह एक-एक शब्द को चबाकर बोली, "कौन कमजोर है बता?"—चुनौती थी उसके स्वर में।

मेरे ऊपर हावी हो गई वह। लद-सी गई मुझ पर।

मेरे मुँह से गों...गों...की आवाज निकली।

"बोल कि औरत कमजोर नहीं है...बोल..."—वह धमका रही थी।

"चक्कू छोड़..." मैं बोला, "लग जाएगी...समझती नहीं है"

"पहले बोल कि औरत नहीं...आदमी होता है कमजोर..."

"होता है..." मैं घबराकर बोला, "होता है..."

"होता है नहीं...बोल, आदमी होता है कमजोर...पुरुष पुरुष..."—वह कुबूलवाने पर उतारू थी।

इतने खतरनाक तरीके से उसने चाकू हाथ में थामा हुआ था कि मैं सचमुच डर गया था।

"पुरुष...पुरुष"—मैं जल्दी से बोला—बचने के लिए मैंने उसकी छातियों में मुँह धँसा दिया। उसकी गर्माहट में मेरा चेहरा सिंकता रहा।

उसने मुझे भींच लिया अपनी बाँहों में।

"कट्टी..." मैं जोर से बोला। मेरा चेहरा अभी भी भिंचा हुआ था।

"बच्चा मेरा..." अब वह मुसकराई।

"तुम कातिल हो...चक्कू सच में घुस जाता अभी..." मैंने उलाहना दिया। साँसें बाधित होने पर भी गर्माहट सुखद थी।

"खून पी जाऊँगी मैं तेरा..." वह विजेता के भाव में दबंगई-से बोली।

"ड्राक्यूला कहीं की..."

"तूने गाल पे चपत लगाई ना? इस बिना पर कोर्ट में घसीट सकती हूँ मैं तुझे...छोड़ सकती हूँ तुझको..."

"सच?" मैंने जल्दी से कहा, "कब छोड़ोगी मुझे? कब...?" डर अब खत्म हो गया था।

धप्प ! धप्प !! धप्प ! धप्प !! अचानक मेरी पीठ पर घूँसे पर घूँसे बरसने लगे।

तन्द्रा टूटी मेरी। पता नहीं कब बेटी सामने आकर खड़ी हो गई थी—"पापा प्याज मुझे दे दो...आपकी आँखों से पानी आ रहा है...लाओ मैं काट देती हूँ..."

"नहीं नहीं ईशल...हो जाएगा बेटा..." मैंने कहा और बहुत सधे हाथों से

और बड़ी सुघड़ता से प्याज काटने लगा...सहज दिखने की कोशिश में सब कुछ अस्वाभाविक होने लगा।

"आप तो होटलों के प्रोफेशनल शेफ की तरह एक्सपर्ट हो पापा..."—बेटी ने प्याज की टोकरी खींचकर ले ली और चाकू लगभग बलपूर्वक अपने हाथ में ले लिया। खाने की काँच की बड़ी मेज के दूसरे सिरे पर बैठकर वह प्याज काटने लगी। यह किचन से सटा डाइनिंग स्पेस था। इससे सटकर बड़ी बालकनी थी, जिसमें ईशल के दोनों बच्चे खेल रहे थे—डोलो और टीशा। बड़ी लड़की डोलो आठ साल की हो गई है और लड़का टीशा छह साल का है।

डोलो वहीं से पूछ रही है, "टेल मी दि नेम ऑफ दिस येलो फ्लॉवर...ममा।" उसने गुलाबी रंग का फ्रॉक पहना है। वह जमीन पर दोनों ओर पैर फैलाकर बैठी है और किसी गुड़िया की तरह प्यारी लग रही है।

"फ्रेंच मैरिगोल्ड"—चिल्लाकर तोड़ने से मना कर रही है ईशल, "डोंट प्लक डोलो"।

कहाँ तो मैंने नाम रखा था अपनी बच्ची का ईशल। कहाँ इसने अपने दोनों बच्चों का नाम डोलो और टीशा रख छोड़ा है। सुना भी दिया मैंने उसे। सुना ही दिया।

ईशल की चमकीली आँखों में एक शरारत हमेशा बनी रहती है। बिल्ली की आँखों से कुछ-कुछ मिलता-जुलता भाव। बचपन में किसी बदमाशी पर डाँट पड़ी हो या चपत पड़ी हो, स्थिति के अनुपात में उसकी आँखों की शरारत का भाव कम-ज्यादा होता रहता था। रोते समय भी लगता था कि अभी वह कोई अनपेक्षित बदमाशी कर बैठेगी। पर कुल मिलाकर उसकी आँखों का स्थायी भाव शरारत ही है।

"मेरी जिस बैंक में नौकरी है ना पापा..." थोड़ा हिचककर वह बोली, "तो सम्भावना है कि कभी यू.एस. में सेटल होना पड़े...तो भारतीय नाम के उच्चारण में दिक्कत आएगी...और...और...सुनील भी फिर जाएगा मेरे साथ।"

तत्काल मुझे समझ नहीं आया कि इस पर क्या प्रतिक्रिया दी जाए। फिर भी मेरे चेहरे के रंग पढ़ना ईशल खूब जानती है। मेरे भीतर कहीं कुछ टूटा है, यह

उसने जरूर पकड़ लिया होगा। मेरे निर्विकार रहने के बावजूद। उसकी आँखों में हल्का-सा अपराध भाव उभरकर तिरोहित हो गया। वापस शरारत से भर गई उसकी चमकीली आँखें।

ईशल बड़े मजे लेकर बोली, "आपका सुझाया नाम सुरती रखती ना, तो सब सुरटी कहते इसे यू.एस. में। क्लैरिटी ज्यादा जरूरी है। वहाँ प्रोनॉन्सिएशन अलग है पापा...भारतीय नाम उच्चारण में कुछ का कुछ हो जाते हैं।"

मैंने सोचा कि ठीक कह रही है लड़की। यह खुद 'श्रुति' को 'सुरती' बोल रही है तो फिर बाकी अमरीकियों से क्या अपेक्षा की जा सकती है।

"प्याज तो बिलकुल भी तेज नहीं है पापा", ईशल ने प्याज काटते हुए कहा। "फिर आँख में पानी कैसे?" यह साइलेंट था उसके कथन में। छुपाते हुए भी उसकी आँखों में शरारत का भाव चमका। मेरे आँखें तरेरकर देखने से पहले ही वह बोली, "दस मिनट में चाय बनाती हूँ पापा..." मेरी तलब को समझती है बेटी। मुझे खुश करने के तरीके भी उसे पता हैं।

पता नहीं लोगों की नींद कैसे उड़ जाती है चाय से। मैं तो रात दो बजे चाय पीकर भी दो मिनट बाद घोड़े बेचकर सोता हूँ। चाय का भी मामला खूब है। तब मैं दिल्ली की सोसायटी में फ्लैट लेकर रहता था। इंजीनियरिंग सर्विसेस की तैयारी कर रहा था। वह जनवरी की एक बेहद ठंडी सुबह थी।

"तेरे फ्लैट पर आना इतना मुश्किल है ना कि क्या बताऊँ। तेरी सोसाइटी का वॉचमैन कितना पूछता है। इसलिए इतनी सुबह आई हूँ तुझसे मिलने...तेरे कमांडो को चकमा देकर।"

उसने सफेद रंग का जैकेटनुमा टॉप पहना हुआ था। उसने पिन खींचा तो उसके लम्बे बाल कन्धों पर अठखेलियाँ करने लगे।

जैकेट का चेन खींचकर उसने उतार दिया फिर हाथ ऊपर कर पुलोवर भी उतारने लगी...उसका छरहरा बदन किसी सुघड़ मूर्ति की तरह मेरे सामने था।

"तेरा इरादा क्या है..." मेरे मुँह से पता नहीं किस झोंक में निकल गया।

वह मगन थी और कुछ जल्दी में भी।

"आं...इरादा?"—मेरी बात सुनकर चिहुँकी वह—"कोई इरादा नहीं है

ईडियट," उसने मेज पर रखी कटोरी खींचकर मेरी और फेंकी—"आधे घंटे बाद क्लास है मेरी। सात बजे। सोचा तुझे चाय पिला दूँ बनाकर अपने हाथों से...भलाई का जमाना ही नहीं रहा।"

बचते-बचते भी कटोरी मेरी पीठ से टकराई और झन्न की आवाज कर नीचे गिरी। वह छलावे की तरह किचन में घुस गई। उसका तराशा हुआ बदन लय-ताल में मेरी आँखों के सामने से गुजरा। एक तिलिस्म जैसे सारे वातावरण में व्याप्त हो गया। मैं मंत्रविद्ध-सा उसके पीछे गया। मैंने उसे खींचा और पीछे से पकड़ लिया। उसका बदन मेरे बदन से एकाकार हो गया था। उसके देह की कुँवारी गन्ध मुझे किसी अलग लोक में ले गई। उसने आँखें तरेरकर देखा। असली गुस्से से। मैंने घबराकर उसे छोड़ दिया। वह इतने पास थी और इतनी प्यारी दिख रही थी कि मैंने उसके बाएँ गाल को जल्दी से चूम लिया। नियंत्रण खो देने जैसी स्थिति हो गई थी मेरी।

वह तमतमाकर खड़ी हो गई। मानो कि—"अरे, यह कैसे? ऐसा कैसे?"—कुछ ऐसा भाव कि कुछ बेहद अनपेक्षित घट गया हो जैसे।

"क्या हो गया? मैं कह रहा हूँ ना...गलती से हो गया...", मैंने कुछ सहमकर कहा।

वह चुप रही।

"जादू जैसा कुछ हो गया था मुझ पर"—मैंने सफाई दी।

उसने आश्चर्य से मुझे देखा। उसकी बिल्लौरी आँखों से आँखें नहीं मिला पाया मैं।

"सॉरी !" मैं असहाय स्वर में बोला, "क्या करूँ अब...बोल ना..."

उसकी आँखों में शरारत तैरने लगी। सहसा मुस्कराई वह, "ईडियट एक ही गाल पर क्यों किस किया...अधूरापन लगता है..."

बनता और टूटता तिलिस्म। जादू!

मैं झपटा, लेकिन तब तक वह दरवाजे की तरफ भागी।

मैंने पकड़कर उसके दूसरे गाल को भी चूमा। मैं कुछ और आगे बढ़ूँ... इससे पहले ही वह बोली, "चल चाय पीते हैं। डबल दूध और डबल चीनी।"

"चल..." मैंने जल्दी से कहा, "ठंडी हो जाएगी नहीं तो..." इस मौसम में चाय को लेकर उत्साह था मेरे स्वर में। मौसम खूब ठंडा था।

"अपनी पढ़ाई, अच्छा खाना और गरम चाय...इसके सिवा तेरे दिमाग में है और कुछ ईडियट..."—वह हँस रही थी।

क्या करूँ इस लड़की का। समझना मुश्किल है बाबा।

बेटी जब अहमदाबाद जाती है तो मेरा कलेजा निकालकर ले जाती है। और जब तक घर में रहती है...मेरे मन का सब कुछ बाँध तोड़कर बाहर आने लगता है। जो-जो ठीक लग रहा है बता रहा हूँ उसे...जो कि पहले भी हजार बार बता चुका हूँ।

बेटी ध्यान से सुन रही है या सुनने का ढोंग कर रही है। बीच-बीच में चिल्लाकर बच्चों को कुछ हिदायत देती है और फिर हाँ-हाँ...हूँ-हूँ करने लगती है, मानो जताने के लिए कि कोई अंश और कोई शब्द भी उससे नहीं छूटा।

बेटा वो अस्सी का दशक था। तब सब कुछ आज की तरह आसान नहीं था। मेरी कोलकाता में ट्रेनिंग थी। उस समय का कलकत्ता। और ट्रेनिंग भी छह महीने की। और वो समय अलग था। अस्सी के दशक की शुरुआत। सत्तर खतम-ही-खतम हुआ था। तब कोलकाता जाकर रहने का मतलब विदेश कहीं जाने जैसा था। मोबाइल नाम की चिड़िया तो तब थी ही नहीं। सादा फोन भी घर पर कहाँ था। सम्पर्क करनां तो पहाड़ तोड़ने जैसी बात थी। इधर रायसाहब को भनक मिल गई थी मेरे और ईशल के बारे में। बेटी जानती है कि पिता के सन्दर्भ में मैं रायसाहब शब्द का ही इस्तेमाल करता हूँ। उन्होंने इतने में ईशल के घरवालों से सम्पर्क कर लिया। अलग जात में शादी इतनी बड़ी बात क्यों थी तब पता नहीं। ईशल के घर वाले तो पगला ही गए।

"बता चुके हो पापा...पापा, अब माफ कर दो उनको। पछता रहे हैं अब वो...और अब उम्र हो गई है उनकी...आफ्टर-आल ही इज युअर फादर..."

मैं अपनी रौ में था—और ये सब मुझे बाद में पता चला। हम दोनों को अलग करने के लिए रायसाहब ने पूरी ताकत लगा दी और मुझे भनक भी न लगने दी। जमींदारी का पैसा ताकत को बढ़ा रहा था उनकी। ईशल के घरवाले

तो मरने-मारने पर उतारू हो गए। सुनने में आया था कि आनन-फानन उसकी शादी भी कहीं तय कर रहे थे उसके घरवाले। मुझसे सम्पर्क नहीं हो सकता था।

फिर भी एक नम्बर था ईशल के पास। ट्रेनिंग सेंटर का। जानती है बेटा, किसी तरीके से फोन पर कांटैक्ट किया मुझसे। बताया मुझे। मैं कुछ निर्णय नहीं ले पा रहा था। क्या किया जाए। पर वो निकल चुकी थी घर से। हिम्मती थी ईशल। घर से निकली उस दौर में जब लड़कियाँ दो घंटे की यात्रा अकेले करने में घबराती थीं। मतलब सुरक्षा की दृष्टि से। सोचो अट्ठारह घंटे बस में चलकर आई। आज की तरह नहीं कि गिनती के दिनों में तू अपना वीजा बनाकर यू. एस. जाना-आना कर लेती है। ट्रेनिंग-व्रेनिंग छोड़कर हम किसी दूसरे शहर भागनेवाले थे। जान का खतरा था बेटा। इंजीनियरिंग की डिग्री उस समय थी मेरे पास, जब इंजीनियर कहीं मिलते नहीं थे। छोटी-मोटी नौकरी की चिन्ता नहीं थी। कमाने-खाने की परवाह नहीं थी। वो खुद ग्रैजुएट थी। हम पूरी दुनिया में कहीं भी जा सकते थे। मगर ईशल के अब्बा, ईशल के बड़े भाई और रायसाहब पहुँच गए पीछे-पीछे। हमारे खिलाफ वो एक हो गए थे। पता चल गया था रायसाहब को। उन्होंने ही हम दोनों को समझाया कि शादी करा देंगे। तब विश्वास एक बड़ी पूँजी हुआ करती थी बेटा। कम-से-कम विश्वास और भरोसे के इतने सारे शेड्स नहीं हुआ करते थे। समझ रही है ना...? उनके झाँसे में आकर हम लखनऊ आ गए। रायसाहब ने कहा ट्रेनिंग पूरी होते ही शादी करा देंगे। अन्धा क्या चाहे दो आँखें। इन शब्दों के भरोसे मैं फिर कोलकाता निकल गया।

रायसाहब और ईशल के घरवालों ने मिलकर छीन लिया मेरी ईशल को मुझसे।

जब मैं ट्रेनिंग से लौटा तो ईशल के घरवाले कहीं और जा चुके थे। कुछ पता नहीं चला। पता करने की इतनी कोशिशें की। सब बेकार। कहाँ गए?

यह बहुत बड़ा आघात था। विश्वास टूटने से बड़ा आघात होता है कुछ? जैसे बसे हुए शहर जैसा कोई जहाज डूब जाए और उसका अता-पता भी न चले। महीने-भर में तो मेरी हालत ऐसी हो गई कि रायसाहब भी घबड़ा गए। वह तो भाई आया उसका। वरना पता ही नहीं चलता। अशरफ। अशरफ आया

मेरे पास। उसने बहुत कुछ बताया। मुझे लिवाने आया था। बताया कि वो सभी दिल्ली शिफ्ट हो गए हैं। और उस दिन से ईशल बीमार पड़ी है।

अशरफ खुद आया था। मैं चकित था उसे देखकर। उतावला भी। जानना चाहता था ईशल के बारे में कितना कुछ। सुन रही है ना बेटा...

"पापा...जब आप वही कहानी सुनाने लगते हो ना तो सारे क्रम गड़बड़ा देते हो...पहले की बात बाद में...बाद की बात पहले...सन्तुलन भी नहीं रहता और संयम भी नहीं रहता...समझ भी नहीं आता आपको कुछ, कभी ईशल को "आप" सम्बोधित करते हो, कभी "तुम," तो कभी "तू" कहते हो...लेकिन भूलते कोई बात नहीं हो...चाय लाती हूँ पापा...विस्मृति भी जरूरी है...थोड़ा भूलना भी चाहिए जीवन में..." बेटी ने उठना चाहा।

वो दिन हालाँकि बहुत उजला था। उस दिन मैंने रास्ते में देखा कि स्कूल की बच्चियाँ स्वेटर, प्लीटवाली नीली स्कर्ट और लाल मोजे और चमचम बूटों में स्कूल जा रही थीं। हँसती-खिलखिलाती और जीवन से भरी। मुझे खूब याद है कि सभी ने दो-दो चोटियों में लाल रिबन बाँधा हुआ था। पता नहीं क्यों उन्हें देखकर मुझे लगा कि दुनिया बदली नहीं है। अस्पताल के कमरे के बाहर उसके अब्बा दिखे। मुझे देखकर रोने लगे। कहा कि मिल लो ईशल से तुम्हें याद कर रही है लगातार। मैं तो मिला जब जिन्दगी और मौत से जूझ रही थी वह। आश्चर्यजनक था सब कुछ मेरे लिए। किसी बड़ी मशीन के तार-वार लगे हुए थे उसकी देह पर यहाँ-वहाँ, जैसा फिल्मों में दिखाया जाता है। पूरा चेहरा बड़े से प्लास्टिक के मास्क से ढका हुआ था। सिर्फ उसके काले गझिन बाल अपनी पूरी चमक बिखरा रहे थे। हुआ क्या है मैंने हैरानी से पूछा। फिर खुद ही बोला, होना क्या है भला? फिर मैंने कहा कुछ नहीं होगा...

उसके घरवाले बाहर निकल गए।

साँसें उसकी रुककर चल रही थीं। वह हाँफ रही थी। ताकत लगाकर उसने कहा, "देखा...औरत की ताकत। बुला लिया ना तुझे। तुझसे अलग करना चाहते थे ये लोग...देखा..." मुँह पर कसा मास्क उसने खींचकर अलग कर दिया था।

मैं अवाक था। बेड पर उसके बैठ गया। एकदम उसकी आँखों के सामने।

उसकी आँखों में इतनी खुशी थी कि मैं बता नहीं सकता। कोई मुराद पूरी होने की-सी खुशी। चेहरे पर दर्द की अधिकता के बावजूद वह बेहद खूबसूरत नजर आ रही थी। पीठ के नीचे तकिया लगा होने की वजह से उसके वक्ष ऊपर उठ गए थे। एक तिलिस्म तो अपने साथ बनाकर ही चलती है यह जादूगरनी।

"लेकिन समझ ले...बचूँगी नहीं अब, डॉक्टर ने जवाब दे दिया है।" वो बोली।

"पागल की तरह बात मत कर...हाथ ऐंठ दूँगा तेरा", मैं गुस्से से बोला। गुस्सा आ गया मुझे। पता नहीं क्यों।

वो हँसी, "ये नाक का पाइप हटा दे जरा। जरूरत नहीं अब इसकी..." उसने आँखें बन्द कर लीं।

अब रुका नहीं जा सकता। हमेशा इसकी मनमानी नहीं चल सकती।

मैंने चपत जमाई—"ईशल...आँखें खोल...खबरदार,"—मैं जल्दी-जल्दी बोलने लगा, "हमें पीसा की मीनार देखने जाना है ना...भूल गई? कविता सुनाई थी तूने कि औरत नहीं हो सकती पीसा की मीनार...झुकती जा रही है दिनोंदिन...औरत होती तो खड़ी रहती तनकर...और तुझे अभी फेमिनिजम पढ़ना है ना दुनिया-भर की औरतों के हित के लिए...और एक बच्ची जो हम दोनों के बीच सोकर तुझ तक आने से रोकेगी रोज मुझे...और वह बड़ी बालकनीवाला घर तूने कहा था ना जिसमें फ्रेंच मैरीगोल्ड का पौधा...जिसे तू खाने में मसाले के लिए लगाएगी..."

"सारा तो मेरा मजा लूट लिया...अब थोड़ी मेरे लिए घर बनानेवाला है..."—वह दर्द से कराहते हुए बोली। बदमाशी करने से बाज नहीं आना इस लड़की ने।

एक जोर की हिचकी ली उसने—"पागल है तू..." वो बोली

"चल चल झगड़ा मत कर...किस करूँ क्या...?"—मैंने ऐसे पूछा जैसे कोई बहुत महत्त्वपूर्ण बात छूट रही हो। अनुमति माँगने जैसा भी कुछ था मेरे पूछने में।

वह चुप रही। हाँफ रही थी। साँस खींचने के लिए उसे कोशिश करनी पड़ रही थी।

मैंने उसके बाएँ गाल को चूमा। ऐसी भी क्या बीमारी है...गाल तो उसके एकदम गुलाबी थे, मानो रूज लगाया हो और जीवन की चमक से भरे।

"दोनों तरफ ईडियट...एक तरफ से...हजार बार कहा है...एक तरफ से अधूरापन लगता है..." बनावटी गुस्से से बोली वह।

मैंने दूसरा गाल चूमते हुए उसके होंठों को भी हौले से चूम लिया। इस बात की परवाह किए बिना कि एक जूनियर डॉक्टर अवाक खड़ी थी वहाँ...कभी भी उसके परिवारजन पहुँच सकते थे और...और मौत किसी भी क्षण उसे अपनी आगोश में ले सकती थी। सुर्ख रक्ताभ होंठ। फिर उसके गले से नीचे उतरते हुए उसकी छातियों में मुँह धँसा दिया मैंने जहाँ जीवन की ऊष्मा मुझे गर्माहट देती रही।

"बच्चा मेरा..." वह खूब दर्द से और खूब लाड़ से बोली।

मैंने सिर ऊपर किया और सीधे उसकी आँखों में झाँकने लगा। मैंने बताया ना कि एक चमक थी उसकी आँखों में और खुशी भी, जो अवश्य ही मेरे आने से उपजी थी। कोई उम्मीद की किरण नहीं थी क्या उसकी आँखों में ?

"शादी कर लेना...मैं कह रही हूँ। अकेले दो दिन नहीं रह सकता तू...हालत खस्ता हो जाती है तेरी अकेले रहने पर..."

"और जो चाय बना लेता हूँ..." बड़ी मुश्किल से कहा मैंने।

"तू तो नवाब है कहीं का...नवाब...पंखा चलाने और बन्द करने के लिए भी तुझे कोई चाहिए...कोई तौलिया निकाल दे...तेरे कपड़े निकाल दे...वाह रे...शौकीन तो इतना कि मुर्गा खाए बिना रह नहीं सकता, लेकिन खरीदने के लिए दूकान के सामने खड़ा हो नहीं सकता...बनाना खुद से नहीं कुछ...और...और प्याज काटना तक आता नहीं...उफ्फ...ये तकिया किनारे कर दो यहाँ से..."—वह मछली की तरह तड़पी—"पर यह तो छोटी सी बात है...ये सब तो तू चला लेगा...मेड रख लेगा...कुक रख लेगा...ये तो छोटी सी बात है...असल में हर बात के लिए कोई सहारा ढूँढ़ता है। किसी का साथ तुझे चाहिए। ये आदत है तेरी...स्वभाव है...प्रवृत्ति है तेरी। अकेले नहीं रह पाना है तूने..."

मैंने सिर ऊपर किया।

"तू ठीक हो जा ईशल..."

"हट..." ऐसे समय पर उसकी यह हट बड़ी अजीब लगी। हालाँकि वह ऐसे ही तो बात करती थी हमेशा। नहीं, वह पूर्णतः सजग थी, तभी तो सामान्य थी।

"हट...बड़ा आया ठीक हो जा...क्या करूँ...मेरे जैसी मिलेगी नहीं तुझे... उसकी आँखें भर आईं। मैं जानता था यह आँसू मेरे लिए और मेरी चिन्ता में हैं। "सुन...तू जो चाय बना लेता है ना...उतना ही बहुत बड़ी बात है। मैं...मैं कहे दे रही हूँ कि शादी कर लेना...तेरे बस का नहीं है घर चलाना अकेले...काम तो मैनेज हो जाएगा...तू अकेले रहनेवाला लड़का है ही नहीं...साथ चाहिए तुझे किसी का..."

"सीख मत दे...मुझे कुछ हो जाए तो तू क्या करेगी...शादी कर लेगी किसी दूसरे से...?"

"अरे दौड़कर शादी करूँगी...दौड़कर..."—हँसकर बोली, फिर धीरे से बाईं आँख दबाकर मुस्कराने लगी..."मेरे रहते तुझे कुछ होने दूँगी...?"

हँस रही थी वो बदमाश!

मैं हमेशा उसे कहता था कि फिल्मों का बड़ा असर है तुझ पर, तू फिल्मी स्टाइल में बात करती है। पर आज उसकी कोई बात फिल्मी नहीं लग रही थी, न ही नाटकीय।

कह तो रही थी कि मेरे रहते कुछ होने नहीं दूँगी, लेकिन पता नहीं कितनी देर और रहना था उसे।

उसकी आँखें बन्द हो गई थीं लेकिन चेहरे पर पवित्र शान्ति थी। मैं निर्निमेष देखता रहा।

"नैपकिन लो पापा...आँखें तो डबडबा गई हैं आपकी...प्याज मैंने ले लिया है फिर भी"—ईशल एकदम सामने आ गई थी।

"नहीं-नहीं..." मैंने कमीज की बाँह से आँखें पोंछी।

"शादी क्यों नहीं की पापा आपने..." बेटी सब समझती है...फिर भी स्वर में उलाहना और शिकायत दोनों है उसके...आँखों में शरारत का अनुपात कम हो गया है।

"ईशल का मतलब समझती है तू...समझती है ईशल का मतलब...ईशल...

ईशल है जन्नत के बगीचे के एक फूल का नाम...बाकी सब चीजें किस काम की हैं मेरे लिए..."

"चाचू कहते हैं कि हर बात के लिए कोई सहारा ढूँढ़ते थे आप। मदद की दरकार रहती थी आपको...ये तो छोटी बात है कि घर का कोई काम नहीं करते थे आप...असल में डिपेंडेंट रहना किसी पर आपकी प्रवृत्ति थी। मतलब आता ही नहीं था आपको कुछ...सुविधापरस्त जैसी कुछ बात...बस आटोमोबाइल इंजीनियरिंग...और पढ़ने के सिवा कोई काम ही नहीं करते थे अपना।"

मैं हँसा। ईशल भी हँसी। हँसते हुए भी मैंने देखा कि जीवन में पहली बार बेटी की आँखों में शरारत का कोई भाव नहीं था। कोई शरारत नहीं। अनुपात की दृष्टि से शून्य। यह सामान्य बात लग सकती है किसी को, पर एक असाधारण घटना है मेरे लिए। हालाँकि मुझे जरा भी अच्छा नहीं लगा। बावजूद इसके हम दोनों हँस रहे थे।

"फिर भी पूरा जीवन आपने अकेले काट दिया...चालीस साल पापा चालीस साल..." अब बेटी की आँखें छलछलाने लगी थीं...

ईशल ने बात बदली..."अब तो इतनी जिम्मेदारी और परफेक्शन से सब देखते हैं आप...घर को...हम सबको...और खाना तो यम्मी...इतना स्वादिष्ट... और मुर्गा तो गजब पापा...अम्म..."

"यह तो ईशल का किया-धरा है है बेटा...मुझे छोड़कर चली गई ना, तो सब सीखा...सीखना ही पड़ा...और अकेले कहाँ काटा जीवन? तू तो रही ना हमेशा मेरे साथ..."

सब जानते हैं कि छोटे भाई विजय की लड़की को जन्म के पहले दिन से ले आया था मैं और डॉक्टरों ने भी तब मेरी हालत देखकर यही सलाह दी थी घर वालों को।

"चाचू के पास भी रहूँगी कुछ दिन"—ईशल ने कहा...अपने सगे माँ-बाप को वह चाचू और चाची ही कहती है।

"अच्छा...अम्म...रायसाहब को माफ नहीं कर सकते आप..." फिर कहा ईशल ने..." आखिर पिता हैं आपके...और उन्हें पछतावा है अपने किए पर...

अब और कितने दिन रहेंगे वे..." सीधा मेरी आँखों में देख रही है ईशल।

मेरे चेहरे के भाव और आँखों की दृढ़ता में पढ़ सकती है वह मेरा जवाब।

"उफ्फ...यह तो स्मृतियों में जीना हुआ ना पापा..."—बेचैन होकर बड़बड़ा रही है ईशल। सारे प्रश्न आज ही पूछ लेना चाहती है वह।

"मेरी समझ में नहीं आता मेरा नाम भी ईशल रखने की क्या जरूरत थी... याद करने का बहाना...भूलना चाहते ही नहीं आप तो कोई क्या करेगा..."

"पर ये स्मृतियाँ मेरी कमजोरी तो नहीं हैं ना बेटा...ये तो ताकत हैं मेरी... ऊर्जा मिलती है मुझे...मुझे जीवन सार्थक लगता है अपना। और...क्या करूँ बेटा...ईशल तो बनी हुई है मेरे साथ...चाहे तेरे रूप में रहे या किसी और रूप में। तुझे देखता हूँ तो ईशल को देखता हूँ...तुझे बुलाता हूँ तो ईशल को आवाज देता हूँ दरअसल...भूलूँ कैसे...और भूलूँ क्यों उसे...?"

"ठीक है...ठीक है पापा...आपका सारा नाटक समझ में आ रहा है। अब आँखों में पानी लाने की क्या जरूरत है...आपकी तकलीफ़ समझ में आ गई है। यूँ ही कह दिया था यू. एस. जाने के लिए...नहीं जाऊँगी बाबा, नहीं जाऊँगी यू.एस....और सुन लीजिए, सुनील भी नहीं जाना चाहता...वो तो खिलाफ है इसके...नहीं बसना अमेरिका में...ओ.के...खुश अब? हो गई तसल्ली...?" पूरे लाड़ से बोल रही है वह, "और पापा...जाऊँगी भी तो आपको लेकर घूमने के लिए...और पीसा की मीनार भी देखने चलूँगी आपके साथ...ठीक है...अब तो हैप्पी? और अच्छी चाय पिलाती हूँ अभी आपको...डबल चीनी और डबल दूध..." आँखों के सारे भाव गौण हो गए हैं। शरारत सौ प्रतिशत लौट आई है।

बेटी ने मुझे अपनी बाँहों में भर लिया है।

एकदम मेरे पास है ईशल।

('उद्‌भावना' कहानी विशेषांक, 2022)

न्याय

पहला दिन

पुलिस वाले के सख्त चेहरे पर हँसी थी। दाँत दिख रहे थे, जो कि चेहरे के अनुपात में कुछ बड़े थे और नुकीले। पीले बड़े दाँतों के बीच शायद मांस का टुकड़ा फँसा था। पद और अधिकार का घमंड और रौब उसके पूरे चेहरे पर काबिज था।

लड़की सहमी हुई थी। सम्भवतः पहली बार पुलिस स्टेशन आई थी और वहाँ के माहौल में खुद को सहज नहीं पा रही थी।

लड़की के साथ बीस-बाईस साल का एक लड़का था, जिसकी नाक चू रही थी। वह बार-बार बड़ी कठिनाई से रूमाल से नाक पोंछ रहा था। लड़का सामान्य कद-काठी का था और उसके बालों में तेल चुपड़ा हुआ था। जब भी वह कुछ बोलता था तो एक तुतलाहट पकड़ में आ जाती थी। बड़े असहाय भाव से और बड़ी बेचैनी से वह पुलिस थाने की कार्रवाई देख रहा था।

लड़की ने बताया था कि वह उसका छोटा भाई है।

"फिर आपको काहे की चिन्ता...काहे की चिन्ता फिर...यह तो है ही आपके पास बॉडीगार्ड!"—कहा था पुलिस वाले ने। उसके बाद ही उसके चेहरे पर हँसी नुमाया हुई थी। बदन पर कसी हुई करारी वर्दी और उस पर जड़े सितारे व फीते और उसका अधिकार भाव स्पष्ट कर रहा था कि वह थाना प्रभारी है।

कहीं दिमागी रूप से कमजोर तो नहीं था वह लड़का?

लड़के ने विद्रूप स्वर में कहा—"मेली दीदी को किसी गुंडे ने तंग किया तो मैं उसे देख लूँगा..." जाहिर था कि उसे लेकर किए गए व्यंग्य को वह बखूबी समझ रहा था। फिर मेंटली रिटार्डेड कैसे हो सकता था?

लड़की ने अपनी बड़ी-बड़ी आँखों से उसे चुप रहने का संकेत किया।

वह बताना चाह रहा था कि वह पूर्णतः सक्षम है। और यदि था भी मेंटली रिटार्डेड तो वो लड़की लेकर क्यों आई थी उसे थाने? क्या दिमागी रूप से कमजोर भी उसके लिए किसी अव्यक्त सहारे की तरह था? सुरक्षा कवच की तरह। लेकिन लड़की तो पुलिस स्टेशन आई थी। सुरक्षा की पुलिस थाने में क्या जरूरत? लड़की किसी अपराधियों के अड्डे में थोड़े ही जा रही थी कि उसे सुरक्षा की जरूरत थी।

कहाँ घालमेल था?

थाने के भीतर की संरचना कुछ-कुछ फिल्मों में दिखाए गए पुलिस स्टेशनों जैसी ही थी। लॉक-अप एक किनारे पर कुछ हटकर था। पन्द्रह-सोलह सौ वर्ग फुट की जगह में छोटे-छोटे क्यूबिकल बने थे और मेज-कुर्सियाँ डली हुई थीं। एक ओर ऊपर जाती हुई जंग लगे लोहे की घुमावदार सीढ़ियाँ थीं। ऊपर शायद रेकॉर्ड रूम था और वहीं से ये सीढ़ियाँ छत पर निकलती थीं। दिन के समय में भी बिजली के पीले बल्ब जल रहे थे, लेकिन पूरे परिसर में रोशनी बहुत कम थी। शायद खिड़कियाँ बन्द होने के कारण सूरज की रोशनी अन्दर नहीं आ रही थी।

मैले-कुचैले कपड़े पहने एक बच्चे ने चाय लाकर रखी मेज पर। चाय केवल पुलिस वाले के लिए थी, क्योंकि गिलास एक ही रखा गया था।

कोने में बैठा हेड कांस्टेबल उठकर आ गया—"अरे छोकरे...इन दोनों के लिए भी चाय रख भाई..."

हेड कांस्टेबल अब लड़की से मुखातिब था, "चाय पियोगी क्या मैडम?" स्वर में आत्मीयता थी। लड़की ने बहुत जल्दी से और बहुत जोर से 'ना' में सिर हिलाया।

थाना प्रभारी की भृकुटी तन गई। पता नहीं उसके अहम को कहाँ चोट

लगी—"जयप्रकाश!" वह गुर्राया—"लड़की देखी तो चाय पूछने आ गया..."

"कैसी बात कर रहे हैं जनाब...नहीं...बहुत देर से बैठे हैं दोनों इसलिए..." जयप्रकाश ने कुछ शर्मिंदा होकर सफाई देने की कोशिश की।

"अभी इस लड़की की जगह सत्तर साल का बूढ़ा होता कोई, तो भी तू आता क्या चाय पूछने?"—जरूरत से ज्यादा गर्मी थी थाना प्रभारी के व्यवहार में।

"मैं जनाब...मैं...आप...क्या कहूँ...मेरी बेटी की उमर की है...क्या कहूँ आपको...शी इज ए टीचर। चाय तो मैं अपनी जेब से पिला रहा था जनाब" आवाज टुकड़ों में थी। आवाज में लेकिन दृढ़ता थी।

"जयप्रकाश" भेड़िये की-सी हहराहट गूँजी—"तुझे रोजनामचा दिया था ना अपडेट करने के लिए, वो हो गया?"

"बस कर रहा हूँ सर...आधे घंटे में हो जाएगा," कठिन स्वर में कहा जयप्रकाश ने।

"अपने काम से काम रख...मैडम के लिए हम बैठे हैं यहाँ," एक विचित्र प्रकार की धमकी या चेतावनी जैसा कुछ था, जो कि चुभ रहा था।

लड़की अब कुछ हिम्मत जुटाकर तेज स्वर में बोल रही है—"सर आप मेरी शिकायत क्यों नहीं लिख रहे...मैंने बताया तो उनका नाम। दोनों बदमाशों को मैं पहचानती हूँ और वे मुझे रोज तंग करते हैं। कल तो हद ही हो गई। उनमें से एक ने मेरा हाथ पकड़ लिया। फिर मेरा मोबाइल छीन लिया। बड़ी देर में वापस किया। उनको धमकाइए थोड़ा कुछ। डर ही नहीं है उन्हें किसी का। सब पता करके आई हूँ। वे दोनों ए-वन टू-व्हीलर के सर्विस सेंटर पर काम करते हैं। छँटे बदमाश हैं..." लड़की ने बताया, "आप दर्ज कीजिए एफआईआर..."

बगल की लकड़ी की कुर्सी पर बैठा सब-इंस्पेक्टर, जो अब तक पेपरवेट से खेल रहा था, लपककर सामने आया—"ओ जी मैडम..." बड़ी हिकारत से कहा उसने, "जास्ती बात नहीं यहाँ...जास्ती बात नहीं करने का। साहब अभी चाय पी रहे हैं ना...चाय पीने दो उनको अभी। लोग साहब को यहाँ का राजा बोलते हैं। बोले तो इस अक्खा इलाके के राजा। आप उनको उनका धंधा मत सिखाओ..."

सब-इंस्पेक्टर की तत्परता और इस खीज से दो बातें स्पष्ट थीं। एक तो यह कि लड़की का ज्यादा बोलना उसे पसन्द नहीं। दूसरा यह कि अपने वरिष्ठ को प्रसन्न करने का कोई मौका वह चूकना नहीं चाहता।

लड़की सकपकाकर चुप हो गई, लेकिन उसकी आँखें स्वयं ही हेड कांस्टेबल जयप्रकाश की ओर उठ गईं, जो कि दूर एक कुर्सी पर बैठा एक बड़े से रजिस्टर में कुछ लिख रहा था। जयप्रकाश की आँखों में पता नहीं क्या था कि लड़की को बड़ा सहारा-सा महसूस हुआ।

लड़की छरहरी थी। लम्बाई सामान्य से कुछ अधिक। कुल मिलाकर सुगठित देहयष्टि। रंग कुछ दबा हुआ था, लेकिन आँखें बड़ी और चमकीली थीं। उसके चेहरे पर स्वाभाविक सुन्दरता थी और स्थायी सौम्यता। लम्बे और घने स्याह बाल उसे अधिक आकर्षक बना रहे थे। कानों में पतली बालियाँ थीं, जो कि सोने की नहीं थीं, लेकिन उस पर फब रही थीं। उसके हाथ में एक क्लचर था, जिसमें एक मोबाइल भर रखने की जगह थी। सलीके से पहनी हुई हल्के नीले रंग की सूती साड़ी में वह बहुत भली लग रही थी।

प्रश्न अप्रत्याशित था।

"शादी क्यों नहीं किया तुमने मैडम?" चाय का गिलास नीचे रखकर थाना प्रभारी ने पूछा।

लड़की चिहुँक गई। कुछ अपमानित भी, पता नहीं क्यों, महसूस किया लड़की ने।

"तो तुम्हारी उमर कितनी है अभी?"

"शादी नहीं हुई अभी..." लड़की ने बस इतना ही जवाब देना जरूरी समझा।

"ऐसा कैसे?" सब-इंस्पेक्टर फिर सामने आया, "कंप्लेंट देनी है तो एज तो बतानी पड़ेगी ना साहब को..."

बड़े संकोच से लड़की ने कहा कि अभी उसने सत्ताईस साल पूरे किए हैं।

"सत्ताईस तो बहुत उमर है..." थाना प्रभारी जोर से बोला, "आजकल शादी किए बिना लड़का-लड़की साथ रहने का बहुत फैशन है...बोले तो 'लिव इन' वगैरह...ऐसा कुछ चक्कर तो नहीं ना तुम्हारा?"

लड़की का चेहरा सुर्ख हो गया। उसके छोटे भाई के नथुने फूल-पिचक रहे थे। कुछ अस्पष्ट 'घों..घों..' की-सी आवाज उसके गले से निकली। फिर वह बोला—"लपीक छोड़ेगा नहीं गुंडों को। दस मिनट में आएगा लपीक..." पता नहीं वह क्या कह रहा था।

पुलिस वालों को शायद उसकी यह प्रतिक्रिया पसन्द नहीं आई—"ए हीरो! ये पुलिस थाना है...शान्ति से रहने का इधर..." एक कांस्टेबल लड़के से सम्बोधित हुआ। उसकी आवाज में खरखराहट थी।

जयप्रकाश ने हस्तक्षेप किया। अपनी जगह से ही बोला—"नज़ीर, ये कोई क्रिमिनल नहीं हैं...शिकायत लेकर आए हैं..."

बात कांस्टेबल नज़ीर से कही गई थी, लेकिन थाना प्रभारी ने सुन ली थी और उसका चेहरा फिर सख्त हो गया।

अचानक एक पुलिसिया वर्दी भागते हुए अन्दर घुसी—"विधायक साहब की गाड़ी...विधायक साहब की गाड़ी...रावसाहब..."—हाँफते हुए उसने इतना ही कहा।

"कौन? रावसाहब अपने...अमरेन्द्र कुमार...?"

एक हड़बोंग-सी मच गई।

"अरे, आप जाओ अभी...आपकी तकलीफ सुन ली है। कार्रवाई करेंगे। फूटो अभी यहाँ से..."

गेट पर आ गए हैं रावसाहब।

दरवाजे से बाहर एक पूरा जत्था दिखा। विधायक अमरेन्द्र कुमार और उनके दर्जन भर कार्यकर्ता।

अब बाहर निकलना सम्भव नहीं था।

"आप...उफ्फ आप मैडम...आप...अभी विधायक साहब आ चुके हैं। इधर बीच में कुछ घुसने का नहीं। विधायक साहब के जाने के बाद तुमसे बात करेंगे। काम हो जाएगा तुम्हारा। वो दूर कोने में जाकर बैठ जाओ उधर..." इशारा किया पुलिस वाले ने।

"बीच में आने का नई...समझ गई ना ठीक से..." पुलिस वाला समझा

रहा था या धमका रहा था पता नहीं।

थाना प्रभारी ने दरवाजे पर ही हाथ जोड़कर विधायक का स्वागत किया—"दिन शुभ हो गया सर आज, अरे सर, न फोन, न मैसेज...आप खुद क्यों आए...? कोई गलती तो नहीं हो गई हमसे रावसाहब।" स्वर में नाटकीय उत्साह था और असाधारण मुलायमियत।

"अरे...अन्दर तो आने दे भाई..." विधायक मय दल-बल अन्दर घुसने लगे।

थाना प्रभारी ने अपनी बड़ी सी व्हील-चेयर खींचकर उनके सामने की।

ए कदम...वो तेरी कुर्सी है। मैं गलत काम कभी नहीं कर सकता...मैं तेरी कुर्सी पर नहीं बैठ सकता कदम, चाहे जमीन पर बैठना पड़े। जमीन पर बैठना चलेगा। देख भाई...मैं इधर बैठ लूँगा तेरे सामने की कुर्सी पर...बिलकुल सामने तेरे...

विधायक अमरेन्द्र कुमार उसी प्लास्टिक की खाली कुर्सी पर बैठ गए जिस पर कुछ क्षण पहले लड़की बैठी थी। अमरेन्द्र कुमार के चेहरे पर तेज था। श्वेत-शुभ्र वस्त्र में वे दिव्य-भव्य नजर आ रहे थे। उनके चेहरे पर लम्बी मुस्कुराहट थी...लेकिन मुस्कुराहट स्वाभाविक लग रही थी। उनके अगल-बगल और उनकी कुर्सी के पीछे कई कार्यकर्ता थे। सभी शान्ति से खड़े थे। सब कुछ अनुशासित था। थाना प्रभारी विजय कदम खड़ा रहा। बैठा नहीं विधायक के सामने अपनी कुर्सी पर। शायद उसे भान था कि विधायक मामूली सी प्लास्टिक की कुर्सी पर बैठे हैं।

"क्या मँगाएँ सर? अरे...मनियार..." सब-इंस्पेक्टर को आवाज दी विजय कदम ने—"जरा ठंडा मँगा सामने से और सिल्वर पैलेस को फोन कर...राव साहब का लंच वहाँ रखते हैं..."

"कदम तू शान्ति से बैठ जरा...इतना टाइम नहीं है। देख भाई, ठंडा-वंडा होता रहेगा...कोठी पर आ जाना..."—'भाई' उनका तकियाकलाम तो नहीं था, लेकिन उनके हर वाक्य में शामिल था।

"कुछ तो लेना होगा सर...सेवा का अवसर कहाँ देते हैं आप..."

"खुद आया हूँ ना तेरे पास...देख खुद आया हूँ। किसी को भेजा नहीं। समझा ना। तो देख भाई चुनाव सर पर हैं...विरोधी मौके की तलाश में हैं। कभी

भी और किसी भी समय कुछ भी कर सकते हैं। तो देख भाई, अपने इलाके में कोई कांड नहीं होना चाहिए। पूरी...मतलब पूरी शान्ति।" एक क्षण रुके अमरेन्द्र कुमार—"मैं तो कहता हूँ कि चुने हुए जो अपराधी हैं तेरे इलाके के...उनको आगाह कर दे भाई कि कुछ गड़बड़ हुई तो कोई करुणा नहीं दिखा पाएँगे हम भी..." पता नहीं स्वर में कोमलता थी, आत्मीयता, आदेश या फिर धमकी।

"आप क्यों चिन्ता कर रहे हैं सर...ऐसी छोटी सी बात के लिए आप अचानक अगर खुद विजिट करेंगे तो हमारा तो यहाँ बैठना ही बेकार है। बस यह बताने के लिए आप आए हैं? यह बताने के लिए कि इस एरिया के बदमाशों को सावधान कर दिया जाए? कमाल बात है...वह तो हम वैसे ही करेंगे। नहीं तो फिर हमारी जरूरत क्या यहाँ...चलिए रावसाहब...ठंडा तो पिया जाए। ठंडा तो बनता है..."

"तू शाम को कोठी पर आ जाना...ठंडा-गरम सब पी लेंगे। ठीक है...अभी तो चलने ही दे भाई तू..."

मुड़े विधायक अमरेन्द्र कुमार। बस तभी उन्हें थाने के इस कक्ष के बाएँ कोने में बैठी वह लड़की दिखी। लड़की के साथ भाई दिखा उसका।

"कौन...कौन है?" उत्सुकता से पूछा उन्होंने।

पंखे की तेज हवा लड़की के चेहरे पर पड़ रही थी। हल्की रोशनी में लड़की के चमकीले बाल सुनहले दिख रहे थे, जो कि पंखे की हवा में लहरा रहे थे।

"यह मैडम टीचर हैं...छोटी सी बात है रावसाहब...मैं सँभाल लूँगा।"

"बात क्या है? कोई तकलीफ है इन्हें?"—मुस्कुराहट लुप्त हो गई अमरेन्द्र कुमार के चेहरे की।

लड़की के चेहरे की चमक उनका ध्यान खींच रही है।

"रावसाहब...ये मैडम तो टीचर हैं किदवई स्कूल में। बाप हैं नहीं इनके। स्कूल के बाहर दो-तीन बदमाश तंग कर रहे हैं इन्हें...मतलब छेड़खानी... अम्म...परेशान कर रहे हैं। बदमाशों का पुलिस रिकॉर्ड है। चोरी-चकारी के लिए पहले दो-चार दिन के लिए अन्दर कर चुका हूँ उन्हें। छोटी सी बात है... दो लाफे में ठीक कर दूँगा।"

"यही सब मुझे पसन्द नहीं कदम...मेरे क्षेत्र में...और वो भी किदवई स्कूल के बाहर, मतलब मेरे निवास से सौ कदम की दूरी पर...उफ्फ! दीये तले अँधेरा... लोग न्याय के लिए हमारी ओर देखते हैं। एफआईआर दर्ज की?"

"जरूरत नहीं सर...चवन्नी छाप गुंडे हैं...पिछवाड़े पर दो डंडे लगाऊँगा, ठीक हो जाएँगे...मैं सँभाल लूँगा।" बड़े कठिन स्वर में कहा विजय कदम ने।

भरी-पूरी लम्बी-ऊँची भरपूर जवान लड़की उस शुष्क परिसर में ऐसी लग रही है मानो रेगिस्तान में कोई नदी बह रही है उमगकर।

"देख रहा हूँ तेरा सँभालना कदम। मुझे तेरा तरीका ही ठीक नहीं लग रहा... अपने सामने किसी की तकलीफ देखकर भी चुप रहूँ कदम? तूने बताया कि पिता भी नहीं हैं इनके। बात करेंगे तब ना परेशानी समझ में आएगी।"

किंचित कठोर हो गया स्वर विधायक अमरेन्द्र कुमार का और आदेशपूर्ण भी, "कहा ना चुनाव का समय है। मुझे कोई गड़बड़ नहीं चाहिए मेरी कांस्टीट्यूएंसी में।"

"सही है सर, आप तकलीफ ना उठाएँ सर...हम बैठे हैं ना यहाँ..." कदम कठिन स्वर में बोला।

"पर इनका ध्यान रख भाई। चाहे तो मुझसे फोन पर बात कर। इनको तकलीफ नहीं होनी चाहिए।" एक भरपूर नजर डाली विधायक अमरेन्द्र कुमार ने लड़की पर।

फिर पूरी भीड़ जिस अनुशासित रूप से भीतर घुसी थी, उसी शान्ति से बाहर निकल गई। गाड़ियों की घरघराहट कुछ देर बनी रही और फिर सब शान्त हो गया।

तीसरा दिन

शहर में शान्ति नहीं थी। लोगों में भारी असन्तोष था। बेचैनी थी। लड़की नहर में बेसुध पाई गई थी। मेडिकल जाँच हो चुकी थी। बलात्कार किया गया था

लड़की के साथ। एक आदमी का काम नहीं था। बलात्कारियों ने जान से मारने के इरादे से नहर में फेंक दिया था लड़की को। फेंक दिया था, लेकिन वह बच गई थी। वह बच गई थी, लेकिन कोमा में चली गई थी। डॉक्टर ने बताया कि देर तक ऑक्सीजन नहीं मिलने के कारण हाइपॉक्सिया से लड़की कोमा में चली गई। वह कोमा से बाहर कब आएगी...कभी आएगी भी या नहीं...सब कुछ अनिश्चित था। निश्चित बस इतना ही था कि बलात्कार किया गया था और जान से मारने की कोशिश की गई थी।

आला दर्जे के अस्पताल में इलाज चल रहा था।

लड़की के भाई का कुछ पता नहीं चल रहा था।

अपराधियों ने भूल इतनी ही की कि लड़की को नहर में फेंककर उसे मरा समझ लिया या फिर उसे मरा समझकर नहर में फेंक दिया...लेकिन एक आश्चर्य की तरह लड़की जिन्दा बच गई थी। बहुत तेजी से यह खबर सोशल मीडिया पर फैल चुकी थी। विभिन्न चैनलों तक पहुँच गई थी यह खबर। सारा शहर एक अभूतपूर्व बेचैनी की स्थिति से गुजर रहा था। लोगों में उन्माद था।

कुछ-सौ लोगों ने पुलिस स्टेशन का घेराव कर लिया था। असन्तोष और गुस्सा चरम पर था लोगों का। लोग नारे लगा रहे थे। लड़की जिन्दगी और मौत के बीच झूल रही थी। और अभी तक बलात्कारी निर्विघ्न घूम रहे थे। पीड़िता के भाई का पता नहीं चल रहा था। लोग फेसबुक और व्हाट्सएप पर सक्रिय थे। अफवाहें भी चल रही थीं।

अक्खा इलाके का राजा चिन्ता में डूब गया था, क्योंकि कमिश्नर साहब शाम को आने वाले थे स्थिति का जायजा लेने के लिए। पता नहीं क्या हो। पता नहीं कौन सी नई मुसीबत टूटे।

हेड कांस्टेबल जयप्रकाश ने जोर से चिल्लाकर कहा कि विधायक साहब आए हैं। सब मुस्तैद नजर आने लगे।

"मैंने कहा था कदम कि मेरी कांस्टीट्यूएंसी में समस्या नहीं आनी चाहिए... कोई कांड नहीं माँगता मेरे को...कोई प्रॉब्लम नहीं माँगता, चुनाव का टाइम है...एक लड़की तक तेरे थाना क्षेत्र में सुरक्षित नहीं है..."—घुसते ही गरजने

लगे विधायक अमरेन्द्र कुमार। ऐसी साँय-साँय होने लगी थाना प्रभारी के कानों में कि उसे कुछ सुनाई देना ही बन्द हो गया। या वह सुनना ही नहीं चाह रहा था। वह सिर्फ अनुमान से बातों को समझने की कोशिश कर रहा था। कभी वह दोनों हाथों की उँगलियों को एक-दूसरे में फँसा लेता और कभी दोनों हथेलियों को एक-दूसरे से रगड़ने लगता।

विक्षिप्त की तरह चिल्लाए अमरेन्द्र कुमार—"अरे उस लड़की ने तो नाम भी बताया था ना दो लोगों का...तो क्यों नहीं पकड़ा तूने उन दोनों को। दोनों की आरती उतार रहा है क्या अभी तक? तू आगे बढ़ेगा ही नहीं, तो रास्ता कैसे मिलेगा?"

"लड़की खुद तेरे पास नाम लिखाकर गई...फिर भी तू नहीं पकड़ सकता। तेरे एरिया के अपराधी हैं दोनों...अगर इतना भी नहीं कर सकता तो फिर भाड़ झोंक...देखता हूँ तुझको मैं..."

अब कुछ-कुछ सुनाई देने लगा थाना प्रभारी को।

"हाँ जी रावसाहब...नाम तो है ही दोनों आरोपियों का। पकड़ में आ जाएँगे। कुछ घंटे इधर या उधर। जाएँगे कहाँ? बस ये मीडिया वालों ने गंध मचा रखी है। करने ही नहीं दे रहे कुछ। सिर्फ प्रश्न पर प्रश्न..."

"वो अपना काम कर रहे हैं कदम...हमें अपना काम करना है..."—समझाने वाले स्वर में कहा अमरेन्द्र कुमार ने।

आँखों में कुछ सुकून है अब थाना प्रभारी के।

फाइल में से निकालकर विजय कदम ने दोनों आरोपियों के चित्र और ब्योरे अमरेन्द्र कुमार को थमाए।

कुछ शान्त हुए विधायक अमरेन्द्र कुमार। कुछ निश्चय कर बाहर निकले और मुर्दाबाद के नारे लगाती भीड़ को सम्बोधित करने लगे। मीडिया उन्हें कवर कर रही थी।

"मेरे भाइयो...क्या कसूर था उस लड़की का...बस इतना ही ना कि वह एक लड़की थी। यह मेरा क्षेत्र है और यहाँ कोई ऐसा जघन्य कार्य करके बच नहीं सकता। देर हो सकती है, लेकिन अन्धेर नहीं होने देंगे। यह कार्य दो लोगों का

है। यह सन्तोष की बात है कि दोनों अपराधियों का पता मिल चुका है। उनकी तस्वीरें हम लोकल टीवी पर जारी कर रहे हैं। पूरे जिले की नाकाबन्दी की जा रही है। मैं आपको विश्वास दिलाता हूँ कि दोनों बलात्कारी बच नहीं सकते। और हम यह भी ध्यान देंगे कि इस जघन्य कार्य की सजा भी उन्हें जल्द से जल्द मिले।"

विधायक अमरेन्द्र कुमार का भाषण जारी था।

शब्दों से शान्त होने वाली स्थिति नहीं थी। लोगों के दिल धधक रहे थे। पूरा शहर और पूरा देश त्वरित कार्रवाई की माँग कर रहा था। न्याय की मांग कर रहा था।

पाँचवाँ दिन

हजारों की संख्या में भीड़ पुलिस स्टेशन के बाहर जमा हो गई थी और बढ़ती ही चली जा रही थी। पुलिस की टुकड़ियाँ शहर के अन्य भागों से बुलाई गई थीं। भीड़ पुलिस के पक्ष में जय-जयकार कर रही थी, लेकिन नियंत्रित तो फिर भी उन्हें करना ही था।

बलात्कार करने के बाद लड़की को जान से मारने की कोशिश करने वाले जघन्य अपराधी पुलिस कस्टडी से भागने की कोशिश करते समय गोली से उड़ा दिए गए थे।

उन दोनों अपराधियों को शहर के एक गंदे लॉज से गिरफ्तार किया गया था। वह लॉज भी वेश्यावृत्ति के लिए इस्तेमाल की जाने वाली एक जगह थी। उन दोनों के पास से लड़की का मुड़ा-तुड़ा फोटो भी मिला था। दोनों के मोबाइल में लड़की का नम्बर भी था। लड़की के कानों की बालियाँ भी उनके पास से बरामद की गई थीं। कई दिनों से उन्होंने उस लड़की को घेरने की कोशिश की थी और अन्ततः उसमें सफल हुए थे। बस एक अच्छी बात हुई थी कि लड़की ने उन दोनों का नाम खुद वारदात के एक दिन पहले पुलिस के रजिस्टर में लिखाया था। जिसके कारण उन्हें तुरन्त गिरफ्तार किया जा सका। लड़की को

नहर में फेंकने की कोशिश के समय एक अपराधी का मोबाइल गिर गया था जिसे पुलिस ने नहर के पास से जब्त कर लिया था। दूसरे अपराधी की रबड़ की चप्पलें भी खुलकर छूट गई थीं नहर के पास। सब कुछ दिन के उजाले की तरह साफ था। अपराधी समाज के सामने नंगे हो चुके थे। कुल मिलाकर यह ओपन एंड शट केस था।

मैजिस्ट्रेट के सामने पेश करने के बाद दोनों को अगली प्रक्रिया के लिए पुलिस कस्टडी में रखा गया था। उसी रात दोनों ही अपराधियों ने परिसर की बाईं ओर की खिड़की से निकलकर पीछे के पाइप से उतरकर भागने की कोशिश की थी।

केवल और केवल पुलिस की सजगता से दोनों मारे गए थे। सब-इंस्पेक्टर संबित मनियार ने खटपट सुनी थी और लॉक-अप में देखने पर तुरन्त ही वह समझ गया था कि दोनों अपराधी भागने की कोशिश कर रहे थे। उसने आवाज लगाई और खुद वह तेजी से छत पर चढ़ गया। घबराहट में एक अपराधी पाइप से नीचे गिर गया। पन्द्रह फुट के पाइप से नीचे गिरने पर उसे चोट तो लगी, लेकिन वह फिर भी लँगड़ाते हुए भाग रहा था। दूसरे अपराधी ने थाना प्रभारी विजय कदम की वर्दी में रखा रिवॉल्वर हथिया लिया था और वह फायर करने की कोशिश कर रहा था। इस जोखिमपूर्ण स्थिति में विजय कदम और संबित मनियार ने जान हथेली पर रखकर दोनों का मुकाबला किया और उन्हें मार गिराया।

पुलिस कस्टडी से फरार होने की कोशिश एक अभूतपूर्व घटना थी, लेकिन सौभाग्यवश दोनों अपराधी अपने इरादों में सफल नहीं हो पाए थे।

पुलिस स्टेशन के चारों और भीड़ बढ़ रही थी। विधायक अमरेन्द्र कुमार भी स्थल पर पहुँच चुके थे। आज स्थिति बदली हुई थी। जनता पुलिस और प्रशासन की जय-जयकार कर रही थी। खबरी चैनल एक-एक कर जमा हो रहे थे। अपराधियों की लाशें पुलिस स्टेशन की पिछली ओर अभी भी पड़ी थीं। तार और माइक का इन्तजाम किया गया था। विधायक अमरेन्द्र कुमार पूरी विनम्रता से कह रहे थे कि यह हमारा कानून नहीं, यह कुदरत का कानून है। ईश्वर सब देखता है। ईश्वर ने स्वयं दंड दिया है इन नराधमों को...

मीडिया के पास सराहना के लिए शब्द कम पड़ रहे थे।

पुलिस के इस साहस की दास्तान शहर से देश के कोने-कोने तक तेजी से पहुँच रही थी।

थाना प्रभारी का हाथ पकड़कर एक किनारे चले गए अमरेन्द्र कुमार—"अरे भाई, इसे सँभाल...ये लड़की का मोबाइल है।"—उन्होंने कुर्ते की जेब से मोबाइल निकालकर थाना प्रभारी को थमाया।

केवल एक क्षण को चौंका विजय कदम और फिर पूर्णतः सहज और सामान्य हो गया।

विधायक अमरेन्द्र कुमार मुस्कुराए और बड़ी आत्मीयता से उन्होंने कदम के कंधे पर हाथ रखा। सन्तोष और शान्ति की साँस ली उन्होंने।

कहानी यहाँ समाप्त होती है। वैसे सचमुच कोई कहानी थी यह? या कोई रिपोर्ट? या किसी सिरफिरे की बकवास? खैर, जो भी आप समझें, अब आप उठ सकते हैं। एक कप चाय पी सकते हैं अपनी पसन्द से या फिर ठंडा। पूरी छूट है मेरी तरफ से। कहने का मतलब यह कि अपने रोजाना के सामान्य कार्यों में लग सकते हैं। टी. वी. चला लीजिए। मोबाइल देख लीजिए। व्हाट्सएप पर कितने मैसेज आ गए होंगे। लाइक-वाइक करिए फेसबुक पर।

एक मिनट और रुकिए...

बड़ा घालमेल है इस मामले में। सबसे बड़ी कठिनाई तो यही है इस केस में कि लड़की, जिसके साथ दुराचार हुआ, कुछ बताने की स्थिति में ही नहीं है और अपराधी...अपराधी तो मारे जा चुके हैं। ऐसे में अब भी कई सम्भावनाएँ हैं—

1. लड़की कोमा से बाहर आ सकती है और अपने साथ हुए दुराचार की पूरी और प्रामाणिक कहानी सुना सकती है। क्योंकि अभी भी बहुत से प्रश्न अनुत्तरित हैं। कुछ तथ्य अधूरे हैं और अनुमान के आधार पर निर्धारित किए गए हैं।
2. हेड कांस्टेबल जयप्रकाश कुछ स्थितियों पर बेहतर प्रकाश डाल सकता है और कुछ प्रश्नों के सिलसिलेवार जवाब दे सकता है। शायद यह

भी बता सके कि उस दिन पुलिस स्टेशन में क्या हुआ था?

3. यह तो सबको पता है कि दोनों अपराधियों ने भीतर की सीढ़ियाँ चढ़कर बाईं ओर की खिड़की से भागने की कोशिश की, लेकिन यह स्पष्ट नहीं हुआ कि दोनों लॉक-अप से बाहर कैसे आए? सीढ़ियाँ लॉक-अप से लगभग तीस फुट की दूरी पर हैं, तो आखिर दोनों पहुँचे कैसे वहाँ तक। पूछताछ से ऐसी कुछ जानकारियाँ सामने आ सकती हैं।
4. हौलनाक है यह विचार, लेकिन हो सकता है...हाँ, बिलकुल हो सकता है और...और आशंका है कि लड़की के छोटे भाई की लाश कहीं से बरामद हो जाए। आखिर अपराधियों ने उसे छोड़ा थोड़े ही होगा।
5. लेकिन यह भी हो सकता है कि छोटा भाई घबराकर कहीं भाग गया हो या छुप गया हो। लार चूने से और उसकी हल्की सी तुतलाहट भर से दिमागी रूप से कुछ कमजोर तो मान ही रहे हैं हम उसे। लेकिन यदि ऐसा है भी तो इसमें तो कतई कोई सन्देह नहीं कि एक सामान्य समझ तो है ही उसकी। अब ऐसी स्थिति में वह वापस आकर इस केस के बारे में तथ्यों का खुलासा कर सकता है।
6. हाँ, किसी रफ़ीक का जिक्र भी किया था ना उसने? याद कीजिए... रफ़ीक दस मिनट में पुलिस स्टेशन पहुँचने वाला था उस दिन। तो रफ़ीक सामने आ सकता है। शायद उसने देखा हो...या उसे पता हो कि उस दिन लड़की पुलिस स्टेशन से कहाँ गई?
7. एक सम्भावना किसी चशमदीद गवाह की है...

लेकिन माफ कीजिएगा...मैं सचमुच सिरफिरा हूँ। इन सम्भावनाओं पर विचार करने की आवश्यकता ही क्या है?

किसी विचार और कहीं किसी सम्भावना की बात का मतलब है कि ऐसा करने वाला बलात्कारियों के साथ खड़ा है और इसके सापेक्ष लड़की के विरोध में। क्या नहीं लगता आपको ऐसा?

कभी-कभार ही तो ऐसी तत्परता से कार्रवाई की जाती है। आप सब तो सन्तुष्ट हैं। जिन्दाबाद के नारे लगा रहे हैं। खुशी का अतिरेक है। आप उन्माद में

हैं। आप व्हाट्सएप पर इस फटाफट ऐक्शन की जय-जयकार कर रहे हैं। फूल फेंक रहे हैं आप। आप माला पहना रहे हैं।

सचमुच किसी बात पर और किसी सम्भावना पर विचार करने की अब जरूरत ही क्या है? क्योंकि न्याय हो चुका है और आप सब प्रसन्न हैं।

न्याय तो हो चुका है।

तो फिर तय बात है कि कहानी भी खत्म हो चुकी है।

('पल प्रतिपल' के लिए स्वीकृत)

ईजा का कोट

"अगर यह अच्छा नाश्ता है..." मैंने कहा, "तो दुनिया में बुरा तो कुछ होता ही नहीं..."

चाय में पत्ती है या नहीं, यह भी पता लगाना पड़ रहा था। हालाँकि केतली में से धुआँ अभी भी निकल रहा था। मतलब गर्म थी चाय।

लकड़ी की मेज पर छोटी-सी तश्तरी में दो कटे हुए बड़े और बेडौल टुकड़े थे डबल-रोटी के। यह भी मुड़े-तुड़े कागजी लिफाफे में से निकाले गए आखिरी पिचके-दबे टुकड़े थे। दोनों टुकड़ों में मक्खन नहीं था। एक बड़ा आलू काटा हुआ था, जो कि पक गया था, लेकिन ऊपरी परत जलकर काली हो गई थी।

ईजा तमतमाती हुई बाहर आई और तश्तरी खींचने लगी, "छोड़ इसे, छोड़ दे तू। तू भूखा रह आज। हर दिन नाश्ता करना जरूरी नहीं।"

मैंने जल्दी से डबलरोटी का एक टुकड़ा मुँह में ठूँस लिया और चाय का मग दोनों हाथों से कसकर पकड़ लिया। एक टुकड़ा डबलरोटी और आलू का भुना टुकड़ा फिर भी छिन गया, जिसके बारे में मैं ठीक-ठीक कह सकता हूँ कि बेस्वाद होने के बावजूद मुझे दुख हुआ था। दुख का एकमात्र कारण यही था कि भूख हमेशा की तरह स्वाद पर हावी हो गई थी। मुझे पता था कि इसके बाद मुझे रात तक कुछ मिलना नहीं है। रात को भी ईजा काली मिर्च का चूरा डला भात और सालन धर देती है। कभी-कभी कटे शलगम रख देती है, कभी वह भी नहीं। पूछने पर कहती है, "जो है, भात से सानकर खा ले।"

झूठ क्यों कहूँ—गुस्से में भी बहुत सुन्दर लगती है मुझे ईजा।

सरकारी अस्पताल निकल जाना है मुझे इस नाश्ते के बाद और बाबू को जिलाए रखने की कोशिश करनी है। खैर अब तो बहुत सुधार हुआ है। पहले तीन सिलिंडर पीता था और अब एक। दिन-भर में उसे जिन्दा रहने के लिए ऑक्सीजन का एक सिलिंडर लगता है। सिस्टर डेजी बोलती है कि "बच तो गया ही है तेरा बाप, अब ठीक भी हो जाएगा। पूरा ठीक हो जाएगा।"

थोड़े से नाश्ते का भी एक हिस्सा छिन जाने के कारण गुस्से में मैंने मेज पर पड़ी ताँबे की राखदानी जोर से नीचे फेंक दी। पिछले चार महीने से बाबू के अस्पताल में होने के कारण राखदानी का वैसे भी कोई इस्तेमाल नहीं हो रहा था। लकड़ी के फर्श पर उसकी आवाज कुछ जोर से नहीं हुई पर ईजा का झापड़ गाल पर पड़ा मेरे। इस चक्कर में डबलरोटी का दूसरा टुकड़ा मेज पर गिर गया था, मैंने उसे उठा लिया और चाय में डुबाकर जल्दी-जल्दी खाने लगा।

मैं खुश था कि इस मारपीट में पेट में कुछ तो गया।

"आज रात को खाना नहीं दूँगी तुझे" ईजा गुस्से में बोली।

"रख ले अपना बेस्वाद भात। मैं अस्पताल में पोस्ते का हलवा आज खाऊँगा...डेजी सिस्टर लानेवाली है मेरे लिए..." मैंने झूठमूठ कहा।

ईजा किचन में घुस गई थी। बाबू की दवाइयाँ सहेजकर दे रही थी प्लास्टिक की रस्सियों से बनी जालीदार पाउच में...जो कि कल ड्रग-स्टोर से लेकर आई थी।

"पता है, दो सौ रुपए की हैं दवाइयाँ, दो सौ रुपए की..." ईजा अन्दर से तेज आवाज में बोली। उसकी आवाज में दर्द भी था और आक्रोश भी। शायद यह भाव था कि दवा में इतना खर्च हो रहा है तो नाश्ता अच्छा कहाँ से बनाऊँ।

मुझे पता नहीं क्यों गुस्सा आ गया, "हमारा तो बूट में से भी अँगूठा बाहर आता है, तो खुद तो अपना बूटेदार कोट पहनती है फिर..."—मैं पूरी ताकत से चिल्लाकर बोला।

ईजा गरम चिमटा लेकर बाहर निकली।

ईजा का सुन्दर चेहरा गुस्से में जलकर राख हो रहा था। उसके चेहरे पर आश्चर्य भी था। मुझसे ऐसा कहे जाने की शायद उसे उम्मीद नहीं थी।

मुझे लगा कि गर्म चिमटे से मुझे मारेगी। मैं बचने के लिए तैयार होने लगा, लेकिन पास आकर अचानक उसे न जाने क्या हुआ कि चिमटे को लकड़ी की मेज पर रखे लोहे के तसले में रखकर वह मुझे गले लगाकर जोर-जोर से रोने लगी।

मैं भौचक्का था।

तसले में रात को हाथ सेंकने के लिए जले कोयलों की राख थी। कड़ाके की ठंड में हाथ सेंकने में जो सुख मुझे मिलता था, वही सुख ईजा की गर्म गोद में मुझे मिलता था। ईजा की गर्म गोद में मेरा चेहरा भिंच गया। ईजा के कपड़ों में बासी महक थी। पसीने और राख की मिली-जुली गन्ध...पर यह बुरी नहीं लग रही थी।

कुछ क्षण मैं ऐसे ही ईजा की गोद में बिना हिले-डुले आड़ा-तिरछा पड़ा रहा। "तुझे क्या मेरी तरह काम पर जाना पड़ता है...मैं काम पर जाती हूँ ना..." ईजा प्यार से बोली। अब वह रो नहीं रही थी। बाबू के अस्पताल जाने के बाद उसकी जगह ईजा ने काम पर जाना शुरू कर दिया था।

मैंने एक बार पहन लिया था ईजा का कोट। कोट मेरे घुटनों के नीचे तक आ गया था, तब मुझे पता चला था कि ईजा कितनी लम्बी है मुझसे। ईजा ने उस दिन भी झापड़ मारा था। "खराब हो जाएगा तो क्या तेरा सर पहनकर जाया करूँगी काम पर।" चिल्लाकर बोली थी वह। मैंने कोट फिर नहीं पहना था। लेकिन कोट मेरे कलेजे में धँस गया था, मेरे जेहन में बस गया था।

"आई बात समझ में..." ईजा ने मुझे पुचकारते हुए कहा।

"मुझे तेरा कोट बहुत अच्छा लगता है, एकदम ऐसा ही मुझे चाहिए... एकदम ऐसा ही" मैंने कुछ अक्खड़ भाव में कहा।

"तू लड़की है क्या?" ईजा हँसकर बोली, "यह औरतों का कोट है पगले।" हँसती हुई ईजा मुझे बहुत प्यारी लगती थी। उसके बाल घुँघराले थे, आँखें खूब बड़ी और नीली। ईजा के गालों का रंग पक्का गुलाबी था और होंठ सुर्ख लाल। जब वह हँसती थी तो मैं उसे बस देखता ही रहता था।

ईजा ने मुझे चूमा और मेरे बोरे जैसे भूरे फटे कोट पर जमी फफूँदी को झाड़ने लगी।

मेरे बालों को प्यार से सहलाते हुए और उँगलियों से बालों को सँवारते हुए बोली, "आई बात समझ में..."

ईजा का कोट बहुत उम्दा था। फिरोजी रंग का। ईजा उसे हाथ नहीं लगाने देती थी। नर्म मुलायम गरम कपड़े के कोट में भी बेलबूटे बड़ी फनकारी से टाँके गए थे, जो कि बाजार के कोटों में आम देखने को नहीं मिलते। बाईं ओर सीने के पास रेशमी धागों से बना लाल रंग का डहेलिया मन मोह लेता था। सीवन पर मशीन की दोहरी सिलाई थी, जो कि नजर नहीं आती थी। बहुत महीन काम था। इसका अस्तर भी ऊँचे दर्जे का था। कोट में चाँदी की कँटियाँ थीं जो बेहद आकर्षक थीं।

ईजा बोली, "अच्छा आज रात को तेरे लिए गोश्त लाऊँगी बाजार से..."

मैं खुश हो गया।

रसेवाला गोश्त ईजा बनाती थी, तो उसके मसालों के महक से ही मैं पागल हो जाता था। दो दिन तक उसे गर्म करके खाता था। भात के साथ। मैं जानता था कि सारी धरती पर ईजा के हाथ के बने इस गोश्त से ज्यादा स्वादिष्ट चीज कोई हो ही नहीं सकती।

मैंने मरियम के चित्र की तरफ संकेत किया उँगली से, "तुम चाँदी की कँटियों वाले इस कोट को जिस दिन सफेद लांग स्कर्ट के साथ पहनती हो ना, तो ये चित्र वाली मरियम जैसी दिखती हो ईजा..."

ईजा सनाका खा गई। उसने उँगलियों से सलीब का निशान बनाते हुए आँखों को बन्द किया और प्रार्थना वाले भाव में कुछ बुदबुदाई। पता नहीं क्यों ईजा की आवाज रुँध गई—"दिन-रात कोट-कोट करता रहता है। ठीक है, तेरा बाबू ठीक हो जाएगा ना...बस...तो ठीक तो एक तरह से हो ही गया है, बस अस्पताल से छुट्टी मिलने-भर की बात है। बस घर आ जाए...तो रोज का खर्चा बन्द हो जाए। बस अब थोड़े दिन में...फिर देखना तेरे लिए फलसई रंग का कोट खरीदूँगी, तुझ पर कितना फबेगा, इतना गोरा जो है तू।"

मुझे सुनकर कितनी खुशी हो रही थी। लेकिन मुझसे ज्यादा खुश तो ईजा थी। वह समझा रही थी, "मैंने देख रखा है। उसमें स्पेनिश वूल होती है और गले तक

कॉलर होता है। ठीक है? वह तो मेरे कोट से भी बहुत अच्छा कोट है। मेरा कोट तो उसके आगे ऐसा है, मानो सोने के आगे पीतल। थोड़े दिन की बात है..."

मेरे बाहर निकलने से पहले ईजा मर्तबान से नानखताई के चार-छह टूटे हुए कुरकुरे टुकड़े लेकर आई और अपने हाथ से खिलाती रही और दुलारती रही मुझे।

रात में बर्फबारी हुई थी, जिसका असर अभी तक था। बाहर धूप निकल आई थी लेकिन ठंड फिर भी बहुत लग रही थी। मैं दवाइयों का वैलेट हाथ में लेकर सड़क के किनारे होते हुए अस्पताल के लिए निकला। सड़क पर चहल-पहल बस शुरू ही हुई थी। सड़क चौड़ी थी, जिस पर सैलानी सुविधा से घूम-फिर सकते थे। बर्फगाड़ियाँ, टूरिस्ट गाड़ियाँ और लॉरियाँ इक्का-दुक्का गुजर रही थीं। सड़क के दोनों तरफ दूकानें थीं। होटल, शराबखाने, कहवाघर। पीछे पहाड़ों पर दो-तीन मंजिलोंवाले छोटे-छोटे घर थे। घर क्या थे, मानो करीने से सजाए गए खिलौनों की नुमाइश थी। घरों से जुड़े सेब और नाशपाती के बगीचों में कोई हलचल नहीं थी। उनका साथ देते हुए चीड़ के पेड़ किसी सेवक की तरह खड़े थे, किसी के आदेश की प्रतीक्षा में। पहाड़ों पर बर्फ चाँदी की तरह चमक रही थी।

कहवाखाने खुल चुके थे और चिमनियों से धुआँ ऊपर उठ रहा था। धुएँ की गन्ध कसैली होने के बावजूद मुझे अच्छी लगती है। भीतर लोग अपने गर्म कपड़ों में छुपने की कोशिश करते हुए कुछ खा-पी रहे थे। उनके मुँह और प्यालियों से और चीनी मिट्टी के दूसरे बरतनों से भाप निकल रही थी।

अधखुले बाजार से गुजरते हुए मुझे ईजा के कोट की याद आ गई। वह सबसे अलग था। बाबू ने वह ईजा को किसी खास अवसर पर दिया था। उसमें ईजा के नाम का पहला अक्षर 'पी' टीन की एक छोटी सी रंगीन और चमकीली प्लेट पर टँका हुआ था।

मेरे साथ एक कुत्ता भी ठंड से कँपकँपाती अवस्था में चल रहा था। संगति बना ली थी उसने। मैं तेज चलता तो वह भी और मैं धीरे तो उसकी चाल भी मन्द हो जाती थी। अस्पताल आने पर कुत्ता बाहर धूप में लेट गया।

अस्पताल वैसा ही था, जैसा कि उसे होना चाहिए था। अस्पताल में दवाओं की महक थी, जो कि मुझे बुरी नहीं लगती थी। शुरू-शुरू में जब बाबू को यहाँ

लाया गया था तो यहाँ का वातावरण उदास लगता था और सब तरफ फैली कसैली-सी महक मुझे जरा भी अच्छी नहीं लगी थी। अब सब सामान्य लगता था। बाबू मेरा कारखाने में काम करते हुए वहाँ की लम्बी सीढ़ी के टूट जाने से नीचे गिरा था। अब तो चार महीने हो गए इस बात को। सिर पर चोट लगने के कारण पहले महीने तो वह नीम-बेहोशी में रहा, पर अब हालत बेहतर थी। उसके पास बैठना पड़ता था, उसकी तीमारदारी में मुझे ही जुटना पड़ता था, क्योंकि ईजा कारखाने जाने लगी थी। ईजा सिर्फ छुट्टी के दिन अस्पताल आती थी।

सिस्टर डेजी ने मुझे खूब प्यार किया। उसका कहना था कि मैं पचास पैसेवाली मीठी पावरोटी की तरह हूँ...मोटी, फूली हुई, पोलमपोल और गदबदी पावरोटी...जिसकी जरूरत बच्चों से लेकर बूढ़ों तक सबको है, गरीब से लेकर अमीर तक सबको है...और जिससे पूरी दुनिया खुश हो जाती है। वह कहने लगी, "सुन रे गोबद्धू"—वह मुझे इसी नाम से बुलाती थी..."गुड न्यूज है तेरे वास्ते। किसी और ने नहीं शहर के डॉक्टर ने कहा है।"

मैं सिस्टर डेजी की बाँह पकड़कर लटक-सा गया, आखिर क्या कहा है शहर के डॉक्टर ने?

"ठीक हो गया है तेरा बाप। एक हफ्ते में ले जाना है तेरे बाप को। और सुन ले...पन्द्रह-बीस दिन में तो बिलकुल ठीक हो जाएगा। अब कोई मुश्किल नहीं। उसे सिर्फ आराम की जरूरत है। थोड़े दिन शोरबा पिएगा गोश्त का... तो सौ किलो का बोरा उठाकर पहाड़ के ऊपर पहुँचा देगा। शहर के डॉक्टर ने कहा है। किसी और ने नहीं..."

मैंने सिस्टर डेजी की बाँह छोड़ दी और खुशी के मारे किनारे के बेंच पर चढ़कर नीचे कूदने लगा। बेंच पर चढ़ता था और छलाँग लगाकर नीचे कूदता था।

"अब अपनी टाँग मत तोड़ ले कूद-कूदकर, कम-से-कम मेरी बाँह की हड्डी तो बची ही रहने दे"—वह फिर बोली, "सुन लिया ना ध्यान से, हफ्ते-भर में ले जाना है। ईजा को बोल दे जाकर। और कहना कि अस्पताल का बिल भी पूरा भरना होगा।"

मैं खुश हो गया।

मैं खुश हो गया कि ईजा के कोट से भी सुन्दर स्पैनिश वूलवाला कोट अब मुझे मिल जाएगा। ईजा ने खुद कहा था कि बाबू के घर आने पर सब ठीक हो जाएगा।

"ईजा को बता देना...कहना कि आकर बात कर ले अस्पताल में। हफ्ते-भर बाद ले जाना है और बिल का भी हिसाब-किताब करना है"—सिस्टर डेजी ने दोहराया। उसे पता नहीं क्यों लगता है कि मैं जिम्मेदार नहीं हूँ। तो शायद बार-बार बताने पर मेरे दिमाग में घुस जाएगी बात।

"और सुन..." सिस्टर डेजी आगे बोली, "तेरे वास्ते हलवा लाई हूँ मैं पोस्ते का"—सिस्टर डेजी बोली और अपने लबादे जैसे कपड़ों पर लटके सूती झोले से टीन का डिब्बा निकालकर खोलने लगी। जैसे जादूगर कबूतर निकालता है टोपे में से।

कितना बड़ा संयोग। मैंने तो ईजा से यूं ही कहा था कि सिस्टर डेजी हलवा लाएगी।

हलवा भी मिलेगा और जल्द ही कोट भी मिलेगा। और गोश्त भी।

ईजा रात में गोश्त भी बनानेवाली है।

वाह!! खुशियाँ जब आती हैं तो सभी दिशाओं से आती हैं।

आज तो सबसे अच्छा दिन है।

सब अच्छा अच्छा...

वाह वाह वाह जी वाह!!!

मैंने खूब मजे ले-लेकर हलवा खाया। ऐसे कि मुँह-नाक पर हलवे का मक्खन चुपड़ गया और पोस्ते के दाने भी।

"बिलौटा लग रहा है तू..." सिस्टर डेजी खूब जोर से हँसती हुई बोली। उसकी खिलखिलाहट में नदी की कल-कल थी।

बाबू को देखे बिना मैं कारखाने की तरफ भाग चला।

ईजा कारखाने पहुँच चुकी होगी। सुबह नौ बजे ही पहुँच चुकी होगी। वहाँ नौ से ऊपर हो जाने पर तो पैसे कट जाते हैं। ईजा कई बार बता चुकी है। कुत्ता मेरे पीछे था। उसे मेरी खुशी का एहसास था।

कारखाने तक बर्फगाड़ी पर जाने के लिए मेरे पास पैसे भी नहीं थे और पैदल जाना सम्भव नहीं था, क्योंकि रास्ते पर बर्फ गिरी थी और रास्ता लम्बा था। उस पर से मेरे बूट की सिलाई कई जगह से उधड़ी हुई थी।

पब्लिक पार्क के सामने एक लोहे की जालियों वाली बड़ी पुरानी बर्फगाड़ी खड़खड़ाती हुई रुकी। कोचवान ने मेरी हालत पर तरस खाकर बर्फगाड़ी पर चढ़ा लिया। कुत्ता बेचारा नीचे रह गया मुझे ताकते हुए।

कारखाने की बड़ी चहारदीवारी देखकर तो मुझे डर ही लगता था।

फिर भी मैं बहुत उत्साह में था। अन्दर से हूक-सी उठ रही थी। लोहे का बड़ा फाटक खुला हुआ था, कोई दिखा नहीं तो मैं छलाँग मारकर अन्दर घुस गया।

मशीनों के चलने की आवाज कान फाड़े दे रही थी। हवा में धुआँ था, जिससे मेरी आँखें जलने लगी थीं। बड़ी-बड़ी मशीनें और आग की भट्ठियाँ। इसके सिवा और क्या था कारखाने में। मैंने काफी दूर से देखा। अन्दर भट्ठी में लोहे को तपाया जा रहा था। लोहा कस के लाल हो गया था। लेकिन इस तपे लोहे का क्या किया जाएगा मेरी समझ में नहीं आया। मशीनों में काम चल रहा था। सभी मजदूर मशीन की तरह ही पिले पड़े थे।

ईजा दिखाई नहीं दे रही थी। मैंने ईजा का नाम लेकर कई बार चिल्लाने की कोशिश की। तेल और ग्रीस से सनी हुई एक औरत को मैंने ईजा का नाम प्रावदा बताकर पूछा, वह कुछ समझी नहीं।

ईजा दिखाई नहीं दे रही थी। ढूँढ़ते-ढूँढ़ते उस कड़ाके की ठंड में भी मैं पसीने से तर हो गया।

इतने जोर से आवाज हो रही थी मशीनों की और लोहे के पतरे काटे जाने की। मुझे ईजा का नाम प्रावदा...प्रावदा...चिल्लाना पड़ रहा था।

किनारे हटकर छोटा सा दफ्तर था जिसकी दीवारों का रंग निरन्तर उठते धुएँ की वजह से सलेटी हो गया था। सामने काँच का दरवाजा था। पहले बैठकी है फिर अन्दर ठेकेदार का कमरा है। मुझे पता था। बापू के साथ मैं दो बार पहले भी आ चुका था। मुझे याद आया कि मैंने ईजा से एक बार पूछा भी था कि मैंने तो कारखाने में ऐसी कोई मजदूर नहीं देखी, जो इतना रंगीन और चमचम कोट

पहनकर काम पर जाती है। गन्दा नहीं होता कारखाने में?

"बूटेदार कोट पहनकर नहीं जाऊँगी, तो मुझे काम से निकाल नहीं देंगे। मालिक लोगों के बीच रहना होता है ना दिन-भर..."—ईजा हँसकर बोली थी, "तेरा बापू ठीक हो जाएगा तो मेरा कारखाने जाना बन्द।"

पता नहीं बाबू का काम कैसे कर पाती होगी ईजा। मैंने सोचा। बाबू तो मेरा राक्षस जैसा है। कन्धे पर हाथी बैठा सकता है। ईजा उसके जैसे भारी काम कैसे कर पाएगी? वो तो ट्यूलिप की पंखुरियों जैसी कोमल है। मैंने काँच के दरवाजे को धक्का दिया और भीतर घुस गया।

पीली स्कर्ट और पीली फिरन पहने एक बेडौल-सी औरत ने दौड़कर मुझे पकड़ लिया। वह घबराई हुई थी, "अरे बेवकूफ, तू कारखाने में कहाँ से आ गया?"

वह गुस्से में बोली, "घुसा कैसे रे तू अन्दर..." उसके बाल उलझे हुए थे और बालों में चमक नहीं थी। नाक मोटी और चिपकी हुई थी। आँखें भट्ठी की तरह जल रही थीं।

मैंने चिल्लाकर कहा, "ईजा को लेने आया हूँ ईजा को..."

"चुप रे खच्चर...यहाँ कोई नहीं तेरी ईजा..." उसकी आवाज में कारखाने की मशीनों की-सी ही संवेदनहीनता थी।

काँच के दरवाजे से मुझे चमकीली नीली बेंच पर अचानक दिखा...कुछ दूसरे कपड़ों के साथ...ईजा का कोट। हाँ, वह ईजा का ही कोट था। मैं ईजा का कोट भला नहीं पहचानूँगा? ईजा का कोट था और लांग व्हाइट स्कर्ट।

कोट रखा हुआ था और चमचम कर रहा था।

"ईजा का कोट"—मैं जोर से चीखा।

"कोई ईजा नहीं यहाँ...कोई ईजा का कोट नहीं...चल यहाँ से चल। चुगद कहीं का।"

"उस पर ऊपर की तरफ 'पी' लिखा है। उसका नाम है कोट पर लिखा हुआ...मैं पहचानता हूँ। 'पी' प्रावदा का। वो मेरी ईजा का कोट है...मैं तुम्हारी शिकायत करूँगा बुढ़िया..."

टट्टू के कान पकड़कर जैसे खींचते हैं, वैसे लगभग घसीटते हुए वह मुझे

बाहर ले चली। खूब कर्कश और पतली कठोर आवाज में चिल्लाकर गेटकीपर को बुलाया, "अन्दर क्यों आने दिया? अन्दर क्यों आने दिया इसे?" वह दोहराए जा रही थी—"देख तेरा क्या करती हूँ आज। यह मालिक के कमरे में घुस गया था। मतलब रिस्ट्रिक्टेड एरिया में तो पहुँच ही गया था...बस कमरे में घुस रहा था...अन्दर आने क्यों दिया?" उसकी आवाज में धमकी जैसा कुछ था।

थर-थर काँपते हुए गेटकीपर ने मुझे पकड़ा और बलपूर्वक लेकर बाहर चला। वह बहुत आश्चर्य से मुझे देख रहा था और पूछे जा रहा था कि आखिर मैं अन्दर कहाँ से उग आया?

मैं चिल्ला रहा था और हाथ-पैर चलाकर बाहर ले जाए जाने के प्रति अपना विरोध दर्ज करा रहा था।

मुझे बाहर करने के बाद उसने लोहे के फाटक को कसकर बन्द कर दिया और उसे जाली से साँकल से बाँध दिया फिर सिटकनी भी चढ़ा दी। आवाज को बहुत डरावना बनाते हुए उसने कहा कि अब कभी यहाँ मैं दिखा तो आग की भट्ठी में डाल देगा।

मुझे कुछ समझ नहीं आ रहा था।

मुझे पता था कि ईजा भीतर है।

मुझे लगा कि सिस्टर डेजी से जाकर बताना चाहिए कि ईजा आज नहीं आ सकेगी।

मैं वापस अस्पताल की ओर बढ़ चला। पैदल पब्लिक पार्क तक पहुँचकर मेरे पैर जवाब देने लगे। सुबह वाला कुत्ता वहाँ अब भी बैठा था। जाने कैसे उसने मेरी हालत समझ ली। वह धीमे-धीमे मेरे साथ चलने लगा। फिर अस्पताल जाने का इरादा मैंने छोड़ दिया और सीधे घर चला आया।

दो बातें उस दिन के बाद कुछ अजीब हुईं। एक तो ईजा के कोट के प्रति मेरा मोह खत्म हो गया। दूसरे मेरी ईजा अब हर परिधान में मरियम जैसी ही लगती थी मुझे। पता नहीं क्यों!!

('समकालीन भारतीय साहित्य', मई, 2021)

खोने का सुख

मंजुला की फ्रेम जड़ी एक गुना एक आकार की फोटो को मैंने बाहर निकाला। यह मंजुला की बहुत सुन्दर फोटो थी और उसके चेहरे पर स्निग्ध मुस्कान थी। मैंने रूमाल से फोटो पर जमी गर्द झाड़ी।

छोटे भाई ने कहा, "तरीके से रोज फोटो भी नहीं पोंछ सकते भौजी की। काम हो ना हो, व्यस्तता बहुत रहती है तुम्हारी।" उसके स्वर में उलाहना थी। शायद वह कोई कड़ी बात कहना चाहता था, लेकिन इस मौके का खयाल कर इतने पर ही रुक गया। "लाओ मुझे दो, इतनी धूल जम गई है..."

छोटा भाई मुझे 'तुम' कहता है, 'आप' नहीं। हमारी उम्र में बमुश्किल दो साल का अन्तर है।

फोटो उसने मेरे हाथ से जबरन ले ली और भीतर से एक साफ कपड़ा मँगाने के लिए अनन्या को आवाज दी। अनन्या सभी बच्चों के साथ ताश खेलने में लगी थी। वह घर की सबसे बड़ी लड़की है। सम्भवत: इसीलिए हम सभी की लाड़ली भी। वह सबकी जरूरतें समझती है।

एक बहुरंगी साफ सूती कपड़ा थमाकर वह तेजी से वापस भागी। उसकी चाल बाकी है। ताश का खेल निर्णायक मोड़ पर आ गया है। छोटे ने कपड़े को झाड़ा और तरीके से फ्रेम के काँच को साफ करने लगा।

मैंने गम्भीर स्वर में कहा, "डर है, रोज अगर अच्छे से साफ करूँगा, तो कहीं जिन्दा होकर फोटो से बाहर न निकल आए।"

छोटे ने बुरा-सा मुँह बनाया, "बड़े भैया को बताता हूँ कि तुम मंजुला भौजी के लिए कैसे शब्दों का इस्तेमाल कर रहे हो।"

बड़े भैया से हम सभी कुछ डरते हैं। कम-से-कम लिहाज तो करते ही हैं। फिर भी मैं जोर से हँसा।

अनन्या तब तक चाय लेकर आ गई।

"तूने बनाई है बेटा...?" मैंने उत्साह दिखाया।

"नहीं, बनाई तो बड़ी माँ ने है..."

"तो बेटा...दो ब्रेड की स्लाइस भी ले आ, बड़ी माँ से माँगकर। सुन जरा, बटर अच्छे से लगाना।"

"सुन लीजिए, बड़ी माँ ने कहा है कि पूजा के बाद ही मुँह में अन्न डाल सकेंगे..." अनन्या ने फरमान जारी करनेवाले भाव में कहा।

"ये तो गलत है बेटा," अनुनय भरे स्वर में मैं बोला, "तुम लोग तो अभी बर्गर खा रहे थे, वो अन्न नहीं है? हाँय..."

"बच्चों के लिए नियम नहीं है। बच्चे कोई पूजा में नहीं बैठ रहे...उन्हें अलाउड है। बड़ों को पूजा के बाद ही मिलेगा..."

"ये तो अनीति है बेटा..." मैंने मायूसी दिखाते हुए कहा।

"हाँ चाचू...गलत तो है..." कुछ धीमी हो गई अनन्या की आवाज..."चुपके से एक बर्गर ला दूँ?"

"न...नहीं," मैं सकपकाकर बोला, "तेरी बड़ी माँ को पता चल गया तो चाय भी छीन लेगी।"

अनन्या के जाते ही छोटा भाई भड़क गया, "भौजी के लिए तुम एक दिन भी कष्ट मत सहना, बरसी के दिन भी नहीं..."

"अरे, मंजुला को पता है कि मैं भूख से छटपटा जाता हूँ। और ऐसा कौन सा नियम है कि चाय तो पी सकते हैं, लेकिन खा नहीं सकते..."

"ये भौजी की खुशी के लिए है"—कुढ़कर बोला छोटा भाई।

"अरे, ऐसी कौन पत्नी हुई है, जिसे पति को भूखा देखकर खुशी मिले।"

अजय भैया बाहर से सामान लेकर आ गए। चप्पल दरवाजे पर उतारकर

तेज कदमों से भीतर आ गए। एक प्लास्टिक की कुर्सी खींचकर चुप बैठ गए हैं। कौन सी सोच में गुम हैं, पता नहीं। मानो सबसे ज्यादा आज वही दुखी हैं। शायद होंगे भी। सामान बाहर सरला भाभी को थमा दिया है। दोना, पत्तल, अगरबत्ती, पूजा की कुछ अन्य सामग्री और कागज के डिस्पोजेबल ग्लास। हमेशा जल्दी में रहते हैं। ये रख लो, वो उठा लो। चलो दरी बिछा दो, चलो चटाई हटा दो। अपने काम में डूबे रहते हैं, घर में क्या चल रहा है उससे ज्यादा मतलब नहीं उन्हें।

बड़े भैया भी तैयार होकर आ गए हैं। उन्होंने इस्त्री किया हुआ कुर्ता-पायजामा पहना है। उनके हाथ में आज का अखबार है। वे खड़े होकर बुक-शेल्फ में रखी मेरी किताबें देखने लगे। उन्होंने सूचना दी, "मंजुला के बारे में तुम जो भी बोल रहे हो, वह भीतर सुनाई पड़ रहा है। तुम्हारी भाभी अभी सुनाएगी कसकर। उसने सुन लिया है।"

मैं चिहुँक गया।

"अरे, मैं कौन सा मुर्गा खाने या पिक्चर जाने की बात कर रहा हूँ।" मैंने कहा। इस बार अपेक्षाकृत धीमे स्वर में कहा, लेकिन भाभी ने वह भी सुन लिया।

"उलटा-सीधा मत कहिए सुजोय जी..."

"अरे भाभी, यही लोग मुझे उकसा रहे हैं..."

बड़ी भाभी की अन्दर से गुस्से में कुछ बोलने की आवाज आई, पर मैंने बात पलटा दी, "अब तो एक साल हो गया ना अजय भैया। तो आप लोग कह रहे थे कि साल-भर कोई शादी-ब्याह नहीं...अनन्या की शादी अब करेंगे ना?"

"चाहते तो हैं सुजोय, लेकिन कमाल हैं आजकल के बच्चे। अनन्या तैयार ही नहीं है शादी के लिए। समय कितना बदल गया। अब तो हम भी जोर नहीं देते। आजकल की पीढ़ी ही अलग है। शादी नहीं, बच्चे नहीं। पढ़ाई-लिखाई और कैरियर...बस!"

"सत्ताईस पूरा कर लेगी इस अक्टूबर में...अभी ध्यान नहीं देंगे तो देर हो जाएगी..." मैंने सचमुच चिन्ता व्यक्त की।

तमतमाई हुई अनन्या कमरे के दरवाजे पर खड़ी हो गई। पीली लांग स्कर्ट और सफेद टॉप में बीस-बाईस साल से अधिक नहीं लग रही। बिलकुल गुड़िया

जैसी, "नहीं करनी है मुझे शादी...समझ लीजिए।" खूब गुस्से में बोल रही है। तमतमाकर। चेहरा लाल हो गया है। आँखें और बड़ी हो गई हैं।

"अगर सलमान खान बोले, तब भी नहीं...?" मैंने स्वर को अत्यधिक गम्भीर बनाने की कोशिश की। मुझे पता है वह सलमान की फैन है।

"चाचू..." जोर से बोली अनन्या। इस एक शब्द में सारा गुस्सा बँधा हुआ था। पैर भी पटके उसने। हालाँकि यह गुस्सा...गुस्सा कम, गुस्से का प्रदर्शन अधिक है। मशक्कत का काम। गुस्सा भी दिखाना है, हँसी भी रोकनी है।

बड़ी भाभी की आवाज आई, "कैसा हमारा घर है...? श्राद्ध के दिन भी मटन, मुर्गा, सिनेमा, शादी की बात चल रही है..."

"ओ भाभी...पूजा क्यों नहीं कराती जल्दी...भूख लगी है सबको कि नहीं... भूखा आदमी और कैसे बात करेगा..." अब मैं भी शेर होने लगा।

मंजुला के देहान्त को आज पूरा एक साल हो गया है। पूरा घर इकट्ठा हुआ है। हम सभी भाई और उनका परिवार। कल से ही सब आ गए हैं। बड़े भैया और बड़ी भाभी, अजय भैया और सरला भाभी। छोटा भाई और उसकी पत्नी। सबके बच्चे भी हैं। गिनकर दो-दो। कुल मिलाकर आठ। अजय भैया की बेटी कहती है कि अभी शादी नहीं करनी है। मतलब यह अनन्या के विचार हैं।

बड़े भैया के आने पर मैं उठकर खड़ा हो गया। उनके लिए कुर्सी खाली कर दी। बगल के दीवान पर भी बैठने की जगह है। कमरा बड़ा है। तब तक सौम्या और आदी खाने की मेज के सेट की दो कुर्सियाँ हाथों में उठाए कमरे में आ गए। डायनिंग चेयर। कल से भीड़भाड़ में दोनों बच्चों को शायद माँ की याद भी नहीं आई होगी। वैसे भी अट्ठारह साल की सौम्या समझदार है और चार साल छोटे भाई आदी को सहजता से समझा लेती है। कल से बच्चों ने घर में धमा-चौकड़ी मचाई हुई है। माँ को गए एक साल हो गया है। समय मरहम का काम भी करता है। फिर भरा-पूरा परिवार है तो दुख-तकलीफ़ को घर में ठिकाना बनाने के लिए जगह कम मिलती है।

बड़े भैया बैंक से रिटायर हुए हैं। पाँच साल पहले। उनके बाद मँझले अजय भैया। एक स्थानीय कम्पनी में अकाउंटेंट हैं। उन्होंने बताया है कि कम्पनी में

उनका आखिरी साल है। मैं बैंगलोर में आईटी फर्म में हूँ। अपना मकान बना लिया है। जयनगर इलाके में। छोटा भाई सरकारी उपक्रम में है। सब मेरे यहाँ बैंगलोर में आज जमा हुए हैं और एक-दो दिन में चले भी जाएँगे। सिर्फ अजय भैया अभी रुकेंगे कुछ दिन।

बड़े भैया बोले, "बच्चों को जोर देना मुश्किल है। पार्थ भी तीस का हो जाएगा। वह भी शादी नहीं करना चाहता अभी...कैरियर को लेकर इतने सजग हैं बच्चे।"

मैंने आवाज थोड़ी नीची की—बोला, "लेकिन प्रकृति के भी तो कुछ नियम होते हैं। प्रकृति तो अपना काम समय पर करती है। हमारे समय में बाईस-तेईस साल बहुत ज्यादा हो जाते थे। नहीं?"

छोटा भाई बोला, "प्रकृति समय और स्थिति के अनुसार नियम बदलती है। अब देख लो, पहले इतनी गर्मी नहीं पड़ती थी। अब पैंतालीस-अड़तालीस डिग्री रहती है। हम तो जब नौकरी लगी थी, मतलब हमारी पचीस-छब्बीस की उम्र में पुणे गए थे...तब अप्रैल-मई के महीने में बिना पंखे के रहते थे। था ही नहीं घर में पंखा। और उसकी जरूरत भी कभी महसूस हुई हो, याद नहीं आता। अब तो फरवरी में ही कूलर-एसी की जरूरत पड़ जाती है। तो आदमी स्थिति के हिसाब से कर लेता है।"

"बात चल रही है शादी की उम्र की। तुम उदाहरण दे रहे हो, 'ग्लोबल वार्मिंग' का..."

छोटा भाई सकपकाया, फिर बोला, "यही तो...यही तो तुम समझ नहीं रहे हो। यह स्थिति के अनुसार अनुकूलन की बात है और विवाह की उम्र पर भी लागू होता है। यह कुछ-कुछ डार्विन के 'सर्वाइवल ऑफ दि फिटेस्ट' के नजदीक है..."

"बाप रे चाचू...इतना बड़ा-बड़ा थ्योरी क्यों सुना रहे हैं?" पार्थ आँखें फाड़कर पूछ रहा है। वह किसी काम से भीतर घुसा है, "आजकल तो कोर्स से भी हटा रहे हैं डार्विन को। बहुत टफ है।"

"तेरे ही कारण सुना रहा हूँ यह थ्योरी। इस सबके पीछे तू ही है।"

"पहले पीढ़ा ले जाने दीजिए, माँ मँगा रही है। कलश जो रखना है। और बर्बाद होने के लिए शादी करना ही जरूरी नहीं है, प्राइम इलेवेन पर सट्टा लगाकर या वाट्सएप के रिसर्च बेस्ड मैसेज पढ़कर भी बर्बाद हुआ जा सकता है।"

बड़े भैया ने बुरा-सा मुँह बनाया। मैंने बड़ी मुश्किल से गम्भीर बने रहने की कोशिश की।

पार्थ पीढ़ा लेकर ऐसे बाहर निकला है, मानो किसी जाल में फँसने से बच गया।

"पार्थ को शादी क्यों नहीं करनी?" मैंने बड़े भैया से पूछा। यह पूछना कुरेदने जैसा था। दरअसल इस विषय पर पहले भी कई बार बात हो चुकी है। एक बार तो बड़े भैया ने यह भी कह दिया था कि हम तो बच्चों को दोस्त जैसा ट्रीट करते हैं, हम बच्चों की जोर-जबरदस्ती शादी करानेवाले लोग थोड़े ही हैं।

चश्मा आँखों से उतारकर बड़े भैया कुर्ते से साफ करने लगे। असहज होने पर बड़े भैया चश्मा साफ करने लगते हैं और अजय भैया दाँतों से नाखून काटने लगते हैं।

बड़े भैया ने कहा, "पार्थ कहता है कि फैमिली की जिम्मेदारियाँ क्यों उठाई जाएँ। कहता है अभी पूरी तरह सेटल नहीं हुआ।" उनका स्वर अनमना है।

"अच्छा-ख़ासा है। एमबीए किया है, वो भी टॉप कॉलेज से। कुछ समय-भर की बात है, नौकरी मिलनी ही है। फिर घर में भी पैसे की ऐसी कोई तकलीफ़ तो है नहीं। हैं? जिम्मेदारी कैसी? सेटल मतलब क्या?"

"उसी से क्यों नहीं पूछते? नहीं करनी शादी, बस नहीं करनी..."

"पूछना तो पड़ेगा ही," मैंने कहा, "कब तक प्रश्नों से कन्नी काटकर निकलेंगे..."

"तुम्हें आज ही का दिन मिला है..." उलाहना भरे स्वर में अजय भैया ने कहा।

"हम सब एक साथ मिलते कहाँ हैं। अच्छा तो है, सब इकट्ठा हुए हैं, तो सभी जरूरी बातें की जानी चाहिए..."

"और वो जरूरी बात है...शादी-ब्याह?"

"नहीं है?" मैंने कुढ़कर कहा, "दोनों बच्चे बाड़ की तरह बढ़ रहे हैं...अभी तक इनके लिए कुछ सोचा ही नहीं गया है। कमाल है।"

"सोचा गया है। कई बार बात भी हुई है।" बड़े भैया सफाई देने वाले अन्दाज में बोले, "हाँ, पार्थ कैरियर को लेकर बहुत गम्भीर है..."

"गनीमत है आप यह नहीं कह रहे कि शादी-ब्याह सब भगवान के हाथ है और भगवान ही जोड़ियाँ बनाता है..." मैंने कहा।

"वैसे ये भी सही है," अजय भैया जल्दी से बोले, "जब होना हो तो सब रास्ते निकल आते हैं, स्थितियाँ बन जाती हैं..."

"तो फिर हम लोग हाथ-पर-हाथ धरकर बैठे रहें? समय आने पर सब अपने-आप हो ही जाएगा..."

"सुजोय, ये नहीं कह रहा मैं। मेरा कहना है कि कोशिश करें, लेकिन फसल तो ऋतु आने पर ही होगी..."

"ऋतु आ गई है," मैंने कहा..."और अब पार्थ से बात करनी चाहिए, अनन्या को समझाना चाहिए।"

थोड़े से बहस-मुबाहिसे के बाद दोनों बच्चे भीतर आ गए। घर के सभी बच्चे बड़े सहज हैं, जिसके लिए अंग्रेजी में शब्द है—फ्रेंडली। कोई औपचारिकता नहीं। कोई संकोच नहीं। कोई दिखावा नहीं। एक सीमा तक किसी का कोई लिहाज भी नहीं। बड़ों से कोई संवाद हो तो घर के सारे बच्चे समानधर्मा और एक तरफ हो जाते हैं। यही मुश्किल है।

पार्थ भीतर जमीन पर बिछी पीले किनारोंवाली मोटी लाल दरी पर मजे से बैठ गया है।

"चाचू, अनन्या का अनन्या से पूछ लें, अपना तो मैं स्पष्ट कर देता हूँ कि आई एम टोटली अगेन्स्ट दि मैरिज सिस्टम। विवाह-प्रथा पर मेरा कोई विश्वास ही नहीं। झंझट मोल लेना ही नहीं मुझे।" पार्थ मुझसे सम्बोधित था।

वह इतने सपाट लहजे में दो-टूक बात कर रहा था कि हम सभी सकपका गए। अजय भैया कुछ नाखुश दिखे।

"बेटा..." मैंने कहा...हमारा परिवार इतना समझदार है...हम लोग इतने

विवेकसम्पन्न हैं कि बच्चों से ऐसे विषयों पर भी खुलकर बात कर लेते हैं... बहुत जगह तो, मैं जानता हूँ, ऐसे प्रश्नों पर बच्चों की मार-कुटाई की नौबत आ जाती है। कितने घरों में तो बच्चों को पता भी नहीं चलता और शादी तय कर दी जाती है..."

अब अनन्या भी भीतर आकर जमीन पर चुक्का-मुक्का होकर बैठ गई है।

"चाचू...अब वो जमाना नहीं रहा। समय बदल गया है। लड़कियाँ आत्मनिर्भर हैं। अब लड़की आर्थिक रूप से किसी सहारे की मोहताज नहीं..."

"ए चुप कर अन्नू...बड़े भैया के सामने इतना बात कर रही है। सब चीज में बढ़-चढ़कर बोला मत कर..." अजय भैया अनन्या को डाँट रहे हैं।

"पापा...चुप कराने से क्या होगा, मैं फैशन डिजाइनिंग में पीजी कर रही हूँ। मल्टीनेशनल कम्पनियाँ बुला रही हैं मुझे। मुझे किसी आश्रय की जरूरत नहीं जीवन में।" अनन्या के स्वर में आत्मविश्वास है।

"अरे हाँ अनन्या..." छोटे भाई ने उत्साह से कहा—"तो बेटा, तू ऐसा कर... तू किसी को सहारा देने के लिए उससे शादी कर ले...कैसी बढ़िया बात..."

अनन्या की बड़ी-बड़ी चमकीली आँखों में भरपूर नाराजगी है।

"अरे भाई, मैं कह रहा हूँ कि शादी करनी है। तुम लोग कह रहे हो कि आत्मनिर्भर हैं...बड़ी कम्पनी में काम मिल जाएगा...अरे, कोई तुक है, कोई संगति है।" मैंने कहा।

अनन्या किंचित ऊँची आवाज में बोल रही है, "कैरियर मेरे लिए बहुत इम्पॉर्टेंट है। कैरियर को लेकर समझौता नहीं। शादी करूँगी तो मेरे कैरियर पर असर पड़ेगा।"

"बेटा, शादी तो खुद एक कैरियर है...हम लोगों ने शादी की तो क्या हमारा कैरियर चौपट हो गया?" मैंने खुले में रखे बताशे की ओर बढ़ते एक काले मोटे चींटे को गोल किए हुए अखबार से दूर करते हुए कहा।

चींटे को देखकर अनन्या चौकन्नी हो गई है। कहीं चींटा उसकी ओर न बढ़े। चींटे से उसे बहुत डर लगता है। वह सावधान की स्थिति में आ जाती है। कुछ भी करे, उसकी नजर चींटे पर बनी रहती है। चींटा दिमाग में घुसा रहता है।

"पहले की बात और थी चाचू। तब लड़के कमाते थे, लड़कियाँ घर का काम सँभालती थीं। अब दोनों को काम करना है। दोनों को ऑफिस जाना है। दोनों को प्रमोशन लेना है..."

मैं समझानेवाले भाव में बोला, "परस्पर समझ की जरूरत है बस। लोग शादी कर ही रहे हैं। सुखी भी हैं बहुत से। क्योंकि एक-दूसरे की जरूरतों के साथ एडजस्ट करते हैं। मिलकर चलेंगे तो दोनों ऑफिस जाएँगे। साथ देंगे एक-दूसरे का...तो दोनों प्रमोशन पाएँगे। पहले से ज्यादा तरक्की करेंगे। अच्छा..." अब मैंने बात को हल्का करते हुए कहा, "अगर शादी नहीं करेगी, तो तुझे चींटे और छिपकली से कौन बचाएगा..."

"ठीक कह रहे हैं चाचू आप..." पार्थ ने जल्दी से कहा..."कम-से-कम इसे तो शादी कर लेनी चाहिए...छिपकली से प्रोटेक्शन के लिए।"

अनन्या ने बगल में धरी प्लास्टिक की थैलियों का बंडल पूरी ताकत से खींचकर पार्थ को दे मारा है, "तुम बाहर चलो पार्थ भैया, अभी सब मिलकर तुम्हें बताते हैं।"

"मैंने क्या किया है? तेरे भले के लिए बोल रहा हूँ" पार्थ आश्चर्य का प्रदर्शन करते हुए बोला।

"तुम मेरी चिन्ता क्यों कर रहे हो। इतने इन्नोसेंट हो तुम? तुम कर लो शादी। तुम्हें ठीक करने के लिए कोई चाहिए भी।"

"दस मिनट में पूजा शुरू करेंगे। सुन लीजिए सब लोग..." बड़ी भाभी की आवाज दूर से भीतर आई है। गूँजती हुई-सी। किचेन और डाइनिंग स्पेस इस कमरे से सटा हुआ है।

"चलो भाई, अब खाने को मिलेगा कुछ!"

"पूजा की बात हो रही है"—अजय भैया कुढ़कर बोले।

"एक ही बात है। पूजा के बाद ही तो खाना मिलेगा।"

मैंने दोनों बच्चों की तरफ देखा, "तुम दोनों के पास अब दस मिनट हैं। ये दस मिनट तुम लोगों से कोई नहीं छीन सकता। अपने सारे तर्क और अपनी सारी दलीलें रख दो"—मैं किसी फिल्म के नायक के-से अन्दाज में बोल रहा था।

अजय भैया ने मुँह बिचकाया—"बच्चों के साथ तुम भी बच्चे बन जाते हो।"

"हाँ, भाई पार्थ"—मैंने अजय भैया की बात पर ध्यान दिए बिना कहा, "तो क्यों नहीं करनी तुम्हें शादी...क्यों भला...?"

बड़े भैया ने कहा—"हाँ बेटा, हमने बताया नहीं, पर अब हम लोग तुम्हारे लिए लड़की देख रहे हैं। रतलाम से अभी एक रिश्ता आया है, ठीक लगते हैं लोग। अपनी तरफ के हैं..."

"पापा, मैंने कहा तो है कि मुझे शादी, बच्चे ये सब जिम्मेदारियाँ नहीं सँभालनी।"

"क्यों नही सँभालनी," अजय भैया भड़ककर बोले, "तुम्हें क्या एलओसी पर जाकर दुश्मन के सैनिकों को खदेड़ना है...? हाँ नहीं तो !"

मैंने जल्दी से कहा, "और तो और...सैनिकों को खदेड़नेवाले भी शादी करते हैं भाई..."

पार्थ ने बुरा-सा मुँह बनाया। "बड़ी वाहियात बात है—शादी करो...बच्चे हो जाएँ। फिर उनके लिए जीवन-भर लगे रहो। फैमिली ऑब्लिगेशन्स। उसी में जीना, उसी में मरना। इससे तो अच्छा अनाथ बच्चों की मदद करनेवाला एक एनजीओ ज्वाइन कर लिया जाए। अच्छा...लड़कियों की तो और मुसीबत है। माँ बनकर अपना स्वास्थ्य और फिगर दोनों खराब करती है लड़की। कितने दिनों तक अपने हिसाब से जी नहीं सकती। छुट्टी और घूमने से लेकर सारी योजनाएँ बच्चे को केन्द्र में रखकर बनाई जाती हैं। मेरी समझ में नहीं आता कि अपने पैरों पर कुल्हाड़ी क्यों मारते हैं लोग। शादी क्यों करते हैं, बच्चे क्यों पैदा करते हैं..."

मैं किंचित गम्भीर हुआ।

"बड़ी-बड़ी मॉडेल और हीरोइनें भी माँ बनती हैं..." अजय भैया बोले, "अपना ध्यान उचित रूप से रखा जाए, तो सब ठीक रहता है। सामान्य मामलों में बहुत आत्म-केन्द्रित होना ठीक नहीं। सुविधापरस्त होने को आधुनिकता से जोड़ना भी ठीक नहीं। और अभी तो विवाह की बात चल रही है, बच्चे की बात कहाँ से आई...

मैंने बात काटकर कहा, "अब देखो बेटा, कल मिंटी आई है इतने दिनों

बाद। है ना, कितना मजा आया...” मिंटी छोटे भाई की बेटी है। दस साल की है। घर की सबसे छोटी सदस्य—“तो घर में शरीफा रखा था। बड़ा सा और पका हुआ। गहरा धुला हरा। मुझे बहुत पसन्द है शरीफा। मैं बस खाने ही वाला था। मिंटी सर पर खड़ी हो गई। शरीफा देखकर मुँह में पानी आ गया उसके। एक ही था। मैंने उसे दे दिया। एक-एक बीज चूसकर पूरा शरीफा खा गई। आधे घंटे तक मजे लेकर खाती रही। तो मुझे इतनी खुशी हुई और इतना मजा आयां कि मैं बता नहीं सकता।”

“आपको मजा आया?” अनन्या ने पूछा। उसकी आँखों में आश्चर्य है।

“हाँ बेटा, और इसी सुख के लिए तो परिवार चाहिए...”

“...कि आपका शरीफा कोई दूसरा खा जाए?”

“मतलब यह कि...”

“ऐसा सुख आपको ही मुबारक हो चाचू...” पार्थ बोला, “मिंटी अगर मेरा शरीफा खा जाएगी और वो भी मजे लेकर, मुझे दिखा-दिखाकर...तो मैं पेट में हाथ डालकर निकाल लूँगा...”

बड़े भैया चिढ़कर बोले, “तो कहीं कुछ संवेदना है कि नहीं, तेरी छोटी बहन है वो...और दस साल की भी नहीं...”

“ये तो छोटी बात है, चाचू। मुझे तो ये बताइए कि किसी से शादी करो, साथ रहो और फिर उसे कुछ हो जाए...तो फिर वो दुख लेकर जीते रहो... आपकी तरह, जैसे आप रह रहे हैं।”

मानो निर्विघ्न चलता हुआ जहाज अचानक हिमखंड से टकरा गया हो। हम सभी चिहुँक गए।

“क्या कहा?” छोटे भाई ने कठोर स्वर में कहा। नहीं, पार्थ ऐसा नहीं कह सकता। वह घर का समझदार लड़का है।

“क्या बोल रहा है पार्थ...” अजय भैया जोर से बोले।

“भकलोल है पूरा...” अनन्या बोली।

“ठीक पूछ रहा हूँ चाचू। आपका शरीफा मिंटी खा गई। इसमें भी आपको सुख है। ये तो बात समझ में आती है। यह तो बड़ी स्वाभाविक बात है। अब

बताइए, अब चाची से..." एक क्षण को ठिठका पार्थ, वह मंजुला के लिए कह रहा था..."चाची से आपने मैरिज नहीं की होती, तो आपको ये दिन थोड़े ही देखना पड़ता। तो मेरी समझ में नहीं आता कि बिना मतलब एक सम्बन्ध क्यों गढ़ा जाए, जिसके कारण हमें दुखी रहना पड़े। कितनी तकलीफ़ से दो साल गुजारे चाची ने, किसी से छिपा है..."—पार्थ की आवाज मानो किसी गहरे कुएँ से आ रही थी—"आज ही के दिन पिछले बरस मर गई बिचारी मेरी चाची। अब ये दुख तो रहा ना आपके साथ। हम सबके साथ। कि इसमें भी कोई सुख है, नहीं बताइए आप कि इसमें भी कोई सुख है क्या?"

एक क्षण को सब चुप रहे। पागल हो गया है क्या पार्थ। कैसी बेतुकी बातें कर रहा है।

"इसे तो हम समझदार समझते थे," बड़े भैया जैसे किसी मंत्र के श्राप से बाहर आए, "कुछ समझ ही नहीं इसे। जो मन में आ रहा है, कह रहा है...तभी न मैं कह रहा था इस अवसर पर ये सब बातें मत करो।"

"तू बाहर चल, एमबीए कर लिया है तो सिर चढ़ गया है तेरा। सारी दुनिया की बुद्धि तेरे में ही है..."—बड़ी भाभी कमरे के दरवाजे पर आ खड़ी हुई है। गुस्से में है और चेहरे पर पसीने की बूँदें हैं। उसके हाथ में कोई बरतन है या फिर दीया लगाने वाली समई—"ऐसे करते हैं बात बड़ों से। वो तेरी चिन्ता कर रहे हैं ना...? और तू उन्हें ही उल्टा-सीधा सुना रहा है...माफी माँग चाचू से..."

"क्या बोल रही हो भाभी...क्यों बिना मतलब डाँट रही हो उसको?" मैंने बात को सँभालते हुए कहा।

"मैंने किया क्या है ममा," पार्थ भारी आवाज में बोला, "मैं तो बस इतना कह रहा हूँ कि सम्बन्ध बढ़ाएँगे तो तकलीफें बढ़ेंगी। 'ना हसबैंड ना वाइफ, हैप्पी हैप्पी लाइफ'। जब खोने को कुछ होगा ही नहीं, तो दुख कैसा और कैसा सुख।"

"है बेटा, खोने का भी एक सुख है। समय तुम्हें बताएगा। अलौकिक सुख..." मैंने कहा।

पार्थ ने कुछ अजीब नजरों से मुझे देखा।

"देख बेटा, पार्थ, सुन...मंजू से मेरा विवाह हुआ। इतने साल तक हम एक-

दूसरे के सुख-दुख से जुड़े रहे।"—मैं गम्भीर हो गया था—"हमने एक-दूसरे की जरूरतों का ध्यान रखा। एक-दूसरे की पसन्द को तरजीह दी। खूब लड़े-झगड़े भी। रूठ-मनौव्वल भी हुई। सौम्या और आदी भी हमारे लिए उपहार की तरह हैं। इतने बरसों की संचित इतनी सुखद स्मृतियाँ हैं। सघन और ठोस सुख। खुशी का एक पूरा समन्दर है, पूरी जिन्दगी जिसमें डूबते-उबरते बिताई जा सकती है। सारा जीवन इन सुखों का स्वाद ले सकते हैं। तुम विदा की बात करते हो, विदा का दुख तो बस एक दिन का है...

"बीमारी से जब मंजू जूझ रही थी, तब भी मिठास भरे और प्यार भरे इतने अनमोल क्षण हमने बिताए। कुछ बन्धनों में तो हम जन्म के साथ ही बँधे होते हैं। उन पर हमारा बस नहीं। पर मैं उन बन्धनों की बात कर रहा हूँ, जो हम अपनी इच्छा और अपने विवेक से निर्मित करते हैं और जिनसे तुम बचने की बात कर रहे हो।"

"जब हमारा विवाह हुआ ना, तो हमारे पास पैसे नहीं हुआ करते थे अधिक। तब जरूरतें भी नहीं थीं अधिक। हम ठेले पर पानीपुरी खाते थे। संडे को मॉल नहीं, सब्जी मंडी जाते थे। लैम्ब्रेटा स्कूटर पर भर थैला साग-सब्जी लेकर लौटते समय मंजू मुझे मटर छील-छीलकर देते जाती थी। कभी-कभी छिलका छीलकर सन्तरे के फाँक खिलाती थी। मतलब क्या-क्या बताऊँ। दो रुपए की टिकट लेकर फिल्म देखने जाते थे। हँसी आती है सोचकर कि हम कोई बच्चे तो थे नहीं, फिर भी चिड़ियाघर जाने पर भी इतना मजा आता था और ज्यादा हूक उठी तो सर्कस देखने घुस जाते थे। किसी खुशी के अवसर पर रात को खाने के बाद पचास पैसे वाली थ्री-इन-वन आईस-क्रीम।

"लेकिन ये सब सतही बातें हैं...रोज ऑफिस की तकलीफें शेयर करने, हँसने-रोने और हर दूसरे दिन अपनी तबीयत का बवाल मचाने के लिए मंजू ही तो थी। पेट तो मेरा तब भी हर दूसरे दिन फूल जाता था। स्टोमक ब्लॉटिंग। छोटी-छोटी चीजें हम एक-दूसरे से पूछते थे। वो पूछती थी कि आपके ऑफिस आना है तो साड़ी पहनूँ या सलवार-सूट, वेणी लगा लूँ क्या। ऐसी चीजें भी थीं, जिनके बारे में दुनिया में किसी और से नहीं पूछ सकते थे...अम्मा-बाबूजी

से भी नहीं, भाइयों से भी नहीं, उसके लिए भी हम दोनों परस्पर एक-दूसरे के लिए उपलब्ध थे।"

मेरे बोलने का क्रम गड़बड़ा गया था और उत्तेजना के कारण संगति भी नहीं थी—"मैं अपनी बात कर रहा हूँ, अन्यथा यह सुख लड़का-लड़की दोनों पर समान रूप से लागू होता है। लिखने-पढ़ने और रचनात्मक चीजों में उसका सपोर्ट भी अमूल्य निधि है मेरे लिए...अमूल्य निधि। बहुत मुश्किल से रकम जुटाकर हारमोनियम दिलाया था मैंने उसे। वो जो अब भी ड्राइंग-रूम में रखा है। वैसे वो भी हारमोनियम पर सरगम सिखाती थी मुझे। मैंने भी स्कूटी चलाना सिखाया था। कम्प्यूटर चलाना भी। क्या-क्या बताऊँ और कितना कुछ बताऊँ। इतना सब है कि मैं उसे शब्दों में व्यक्त नहीं कर सकता। और इसी के कारण तो दुनिया चल रही है।"

"तो उसे खोने का सुख भी अलौकिक है, क्योंकि उसके खोने के साथ ही वह स्मृतियाँ स्थायी रूप से मन पर अंकित हो गई हैं। चवालीस की उम्र में मैंने मंजू को खो दिया। अब उसकी उम्र नहीं बढ़ेगी। जब मैं सौ का हो जाऊँगा, तो भी वह चवालीस की ही रहेगी। मेरे साथ रहेगी। जीवन-भर। उसकी उपस्थिति तो बनी ही हुई है। आज कोई मुझे दो जिन्दगियाँ जीने का विकल्प दे—बिना मंजुला के दायित्व-विहीन, जिम्मेदारी से परे जीवन या फिर मंजू के साथ ऐसी जिन्दगी, जिसमें मुझे पता रहेगा कि चवालीस के बाद मंजुला खो जाएगी, तो मुझे यह मंजुला के कुछ समय के साथ वाली जिन्दगी ही स्वीकार्य होगी। कोई विकल्प ही नहीं। कोई दूसरा विचार ही नहीं।"

बड़ी भाभी के फूट-फूटकर रोने से मेरी तन्द्रा टूटी।

"अरे, क्या हुआ...?" मैंने कुछ असहज होकर कहा..."आखिर हुआ क्या?"

"तुम तो उन्माद में प्रलाप कर रहे हो। पूछते हो हुआ क्या।" छोटे भाई ने कुछ उत्तेजित स्वर में कहा।

बड़े भैया ने चश्मा उतार लिया था और कुर्ते के किनारे से शीशे को साफ करते हुए एकटक मुझे देख रहे थे। अजय भैया बाएँ हाथ की तर्जनी का नाखून

कुतर रहे थे। पता नहीं इस हल्ले-गुल्ले में कब सारे बच्चे कमरे में घुस आए थे और बाएँ कोने में गोला बनाकर बैठ चुके थे। फिलवक्त सभी हैरानी से मुझे ताक रहे थे। सिर्फ अनन्या बिलकुल मेरे सामने आ गई थी। मेरे दोनों हाथ पकड़कर वह खड़ी हो गई। लगा जैसे कुछ कहना चाहती है, पर चुप लगा गई।

अचानक बोलता है पार्थ, "लेकिन आप तो स्मृतियों में जीने को ही सुख समझ बैठे हैं चाचू..." आवाज सपाट है और चुनौती जैसा कुछ है पार्थ के स्वर में।

"स्मृतियों में जीने का क्या अर्थ हुआ ? कोई जीवन से दूर जाकर यादों में तो गुम नहीं हो गया हूँ। ये स्मृतियाँ तो मुझे मजबूत बनाती हैं। मेरी ताकत हैं..." मैंने अब कुछ सँभलकर कहा, "मैं कोई बाल बिखराकर, मुड़े-तुड़े मिचुड़े कपड़ों में बिस्तर पर लेट नहीं गया हूँ। बीमार नहीं पड़ गया हूँ। एकान्त में नहीं चला गया हूँ। शराब पीकर नाले में नहीं पड़ा हूँ। जंगल में नहीं फिर रहा हूँ..." मैंने दृढ़ता से कहा, "ये स्मृतियाँ मुझे नई ऊर्जा देती हैं। उत्साह का संचार करती हैं। सकारात्मक बनाती हैं। मंजुला ने कहा था हारमोनियम सीख लेना, तो मैंने क्लास भी लगाई है। अलंकार से शुरू किया। राग बिलावल पूरा किया। आरोह, अवरोह, पकड़ सब सीखा और इतने दिनों से रोज रियाज भी कर रहा हूँ।"

"दो दिन रियाज मत करना," छोटा भाई स्वर में अतिरिक्त चिन्ता उड़ेलकर बोला, "हमारे लिए न सही, बच्चों के लिए कुछ करुणा बची रहे..."

"पापा, स्कूटर पर आप छीलनेवाला फल क्यों खाते थे...अंगूर, सेब क्यों नहीं खाते थे?"—सौम्या ने सहज भाव में पूछा।

"ठीक बोल रही है सौम्या," छोटा भाई बोला, "जीवन को जान-बूझकर कठिन बनाना इसी को कहते हैं...चलते स्कूटर पर सन्तरा छीलने का कोई मतलब है...आदमी न भी गिरे, तो सन्तरा गिरने का डर तो है ही।"

मैं बिफरा, "मेरी जो मर्जी होती थी वो खाता था, तुमसे पूछकर नहीं खाता था।"

"चलो, हो गई सब बात। अब पूजा करके मुँह जुठाओ सब लोग..." बड़ी भाभी अब संयत होकर बोली।

पार्थ सामान्य हो गया है। उसका स्वर सहज है अब, "चाचू, आपसे अलग से बात करूँगा। रतलाम वाली लड़की के बारे में क्या बात करूँ, उसे तो जानता तक नहीं मैं? हाँ, लेकिन...लेकिन मेरे कॉलेज में एक लड़की है, मतलब मेरी बैचमेट ही है...नव्या। समझदार है...अच्छी लड़की है। दिल्ली की है। उसके पिता लॉयर हैं। तो उसके बारे में...आपसे अलग से बात करूँगा।"

"ऐं...? पार्थ भैया...?" अचानक अनन्या मेरा हाथ छोड़कर तेज आवाज में बोली, भारी आश्चर्य है उसके स्वर में और आँखों में भी—"ऐसे तो बड़े शरीफ बनकर दिखाते हो..."

"चुप रह...तुझसे बात नहीं कर रहा मैं..." पार्थ आँखें निकालकर बोला, "हम सिर्फ दोस्त-भर हैं और सिर्फ अपने सबजेक्ट्स पर डिस्कस करते हैं..."

"तो क्या सब्जेक्ट्स में यह भी रहता है कि उसके पिता लॉयर हैं...?"

दोनों की लड़ाई फिर शुरू हो गई थी।

"अमूल्य निधि क्या होता है पापा, अभी जो आप कह रहे थे" सौम्या ने मासूमियत से पूछा।

मुझे हँसी आ गई।

"चलो भाभी, कुछ खाने को दो...मंजुला के कारण भूखे रहने में तो कोई सुख नहीं है।"

बात सहज ही कही गई थी पर बड़ी भाभी ने आँखें तरेरकर देखा।

"आप लोग बढ़िए," मैंने जल्दी से कहा, "मैं जरा हाथ धोकर आया।"

सब उठे। मैं वाशरूम की ओर बढ़ा।

इतनी बातें याद करने के बाद एक बार रोना तो बनता है।

('वागर्थ' के लिए स्वीकृत)

मकड़जाल

यह संयोग ही था कि जब भी उसने मुझसे पैसे माँगे तब कोई बड़ी समस्या सिर पर थी। मतलब मेरे सिर पर नहीं, सभी के सिर पर। यदि और ठीक से कहूँ तो ऐसी समस्या जो बहाना न लगे, जिस पर कोई अविश्वास न कर सके। तभी मैं हर बार उसके मकड़जाल से बाहर आ पाया।

पहली बार जब उसने कहा था कि मुहल्ले के एक साहूकार के पास नाक की कील गिरवी रखी है, उसे आज शाम तक पाँच हजार नहीं दिए तो फिर वो कील वह रख लेगा। कील भारी सोने की है, जिसकी कीमत बीस हजार से अधिक है। तब नोटबन्दी चल रही थी, लेकिन मैंने डिमोनेटाइजेशन कहा। मुझे लगा इसका प्रभाव अधिक पड़ेगा। मैंने कहा, मैं तो देना चाहता हूँ, पैसे हैं भी मेरे अकाउंट में, लेकिन डिमोनेटाइजेशन के कारण न तो एटीएम से निकाल सकता हूँ, न बैंक से। डिमोनेटाइजेशन।

उसने बैंकवालों के बारे में बुरा कुछ कहा। लेकिन उस बुरे में मुझसे पैसे न मिल पाने का दुख था। इसका दूसरा अर्थ यह था कि यदि मैं घर से लाकर या अपनी जेब से पैसे निकालकर दे देता, तो बैंकवाले शायद उतने बुरे नहीं लगते उसे।

दूसरी बार जब उसने पैसे माँगे दस हजार रुपए तब प्राइवेटाइजेशन के खिलाफ बैंकवालों की स्ट्राइक चल रही थी। उस समय तो इस विरोध और असन्तोष से सबसे ज्यादा खुशी मुझे हुई थी। मैंने बताया कि हड़ताल के

कारण बैंक आज बन्द है, वरना पैसे देने में कोई बात ही नहीं थी। मुझे लगा कि बैंकवालों को हम पहले कई बार कोस चुके थे। अब सरकार को कोसना बेहतर होगा। लेकिन वह भड़क गई। ये बैंकवाले हमेशा ऐसा ही करते हैं। इन्हें बस मौका चाहिए पैसे न देने का। मैं ठीक प्रकार से उसकी बात नहीं समझ पाया।

मैं यह जरूर समझ गया कि नेपाल, चीन और पाकिस्तान से सम्बन्ध खराब होने के लिए और अर्थव्यवस्था में भारी गिरावट के लिए भी वह बैंकवालों को ही जिम्मेदार ठहराएगी।

मैं कोई सोच-समझकर तो दंगे, डिमोनेटाइजेशन, विरोध-प्रदर्शन और बैंकों की हड़ताल के समय इस लड़की को बुलाता नहीं। जब पत्नी बड़े दिनों तक एक ही अन्दाज में या कहें कि नीरस और उबाऊ तरीके से लेटने लगती, तो मुझे मन्दा की याद आने लगती। याद तो मुझे बड़ी सारी लड़कियों की आने लगती, लेकिन सम्भव शब्द मन्दा से ही बनता था। मतलब कालोनीवाली और दूर की और पहचान की अलग-अलग उम्र और चेहरे-मोहरे की उन तमाम लड़कियों को मैं बस कल्पना में ही अपने हिसाब से छू-पकड़ पाता था।

मैंने एक बार दसवीं कक्षा में अपनी टीचर से पूछ लिया था कि फैंटेसी शब्द का क्या अर्थ होता है, तो मार तो पड़ी ही थी और घर में शिकायत अलग से पहुँच गई थी। बाद में मुझे हालाँकि पता चल गया था कि फैंटेसी के बहुत से अर्थ होते हैं। लेकिन मैं आज तक नहीं समझ सका कि इसमें गलत क्या था।

मैंने स्वाति डीलक्स होटल तय कर रखा था। मन्दा को लेकर मैं वहीं जाता था। मैंने होटल के मैनेजर से भी नाटक किया हुआ था कि “घर में भीड़ बहुत है। ज्वाइंट फैमिली है। घर पर साथ में मिल नहीं पाते थे सहजता से, तो होटल के कमरे में एकान्त में बैठकर लंच करना चाहते थे, फुरसत से।” मैं मन्दा को अपनी बीवी ही बताता था।

मैनेजर खुश होता था और तत्परता दिखाता था। शायद वह भी अनजान बनने का नाटक करता था। “कहाँ रेस्टोरेंट में खाएँगे साहब। 402 खोल देता हूँ, रूम में आराम से बैठकर खाएँ।” दो-तीन घंटे के लिए रूम देने के लिए उसने कभी

आधार कार्ड भी नहीं पूछा। जबकि कहाँ नहीं लगता आधार कार्ड? कई जगहों पर तो मॉल में और एक्जाम हॉल में भी बिना आधार कार्ड के नहीं घुस सकते।

रूम में पहुँचते ही मैं मन्दा के पसन्द की चीजें ऑर्डर कर देता था। उसके तुरन्त बाद मैं दरवाजा लॉक कर देता था और फिर जी-भरकर 'फोर-प्ले' उसके साथ तय था मेरा। फिर हर बार तकरीबन आधे घंटे में खाना आ जाता था।

"अब हम आराम से खाएँगे, बाहर 'डू नॉट डिस्टर्ब' का कार्ड लगा दो"—मैं वेटर को पचास रुपए का नोट देकर बताता था।

वेटर खूब मुस्कराते हुए बोलता था, "चिन्ता मत कीजिए सर। कोई 'डिस्टर्ब' नहीं करेगा अब। अब आप आराम से 'लंच' कीजिए।"

वेटर के जाते ही मैं अपने काम में लग जाता। इसमें अब कोई डर नहीं रहता था। इसमें कोई रिस्क नहीं रहता था। मान ही लें कि कोई आ ही जाए, पुलिस या परिवारवाला कोई, तो हमारे पास ये कहने को होता, कि भई खाना खा रहे हैं। हालाँकि ऐसी नौबत कभी नहीं आई और स्वाति के मैनेजर ने कभी हमसे पूछा नहीं कि आखिर खाना खाने में पूरे दो घंटे क्यों लग गए? वह बस रूम चार्ज हजार रुपए बिल में अलग से जोड़ लेता था।

वह हर बार बचा हुआ खाना पैक करवा लेती थी। या खाना खत्म हो जाए तो 'पिज्जा विद एक्सट्रा चीज' या आलू के पराठे बँधवा लेती थी। पूछने पर कहती थी कि, "निचोड़कर जो रख दिया तुमने। तुरन्त भूख लग जाएगी," फिर कुछ इठलाकर कहती, "तुम्हारी याद आएगी ना...तो घर जाकर फिर खाऊँगी।"

मुझे मालूम था कि मन्दा की समझ में यह बात आ गई है कि उसे बस उसके पाँच सौ ही मिलेंगे। मैं उसे खिलाने-पिलाने और होटल के कमरे के खर्च के अतिरिक्त तीन-चार घंटे के लिए पाँच सौ रुपए नकद देता हूँ, लेकिन अलग से पाँच हजार, दस हजार, बीस हजार के किसी झाँसे में कभी नहीं आता। कभी नहीं फँसता उसके मकड़जाल में।

होटल के कमरे में एक स्थानीय अखबार में 'टॉवर ऑफ यूनिटी' की फोटो देखकर उसने मुझे बताया कि सरदार पटेल महान इनसान थे। अपने-आपको समझदार जताने का कोई अवसर वह छोड़ना नहीं चाहती। मैंने अचानक सोचा

कि खादी भंडार जाकर 'सत्य के प्रयोग' गांधी जी की आत्मकथा खरीदूँगा। सरदार पटेल की कोई किताब मेरे ध्यान में नहीं आई इसलिए। पिछली बार सौ रुपए थे जेब में। किताब सत्तर रुपए की थी। लेकिन उस दिन मुझे नेताजी स्मारक के सामने वड़ा-पाव भी खाना था। गर्म वड़ा-पाव बहुत चलता था वहाँ का। चालीस रुपए कीमत थी। वहाँ जाकर वड़ा-पाव न खाएँ यह कैसे सम्भव था? नतीजतन मैं किताब खरीद नहीं सका था।

मैंने जब नेताजी स्मारक कहा था तो उसने कहा कि "पता है, ये नेताजी स्मारक सुभाष बाबू के नाम पर है। सुभाष बाबू बंगाल की शान हैं", उसने कहा।

मुझे लगा कि मैं कहूँ कि सुभाषचन्द्र बोस तो पूरे देश की शान हैं। लेकिन वह बात में से बात जोड़कर फिर किसी नेता की बात करने लगती। मैं चुप रहा। मुझे लगता था कभी गाजापट्टी और फिलीस्तीनियों पर बात न करने लगे, इसलिए ज्यादा बात न करना ही श्रेयस्कर था।

"अब हम कश्मीर में फ्लैट खरीद सकते हैं..." वह मुस्करा रही थी। उसकी आँखों में सम्पन्नता और सन्तोष दिखा।

मैंने भी खुशी जताई।

मुझे पता था कि वो किराए के एक दड़बे से मकान में रहती है और उसका पन्द्रह सौ महीना किराया चुकाना भी उसके लिए बहुत मुश्किल था। ऊपरी कपड़े उतारे जाने के बाद उसके अन्तर्वस्त्रों की खस्ता हालत देखकर मैं यकीन से कह सकता था कि वह डेढ़ हजार महीना किराया देनेवाली हरगिज नहीं हो सकती थी।

मैं इसे भी फैंटेसी ही मानता हूँ कि कश्मीर में मॉल रोड के पास एक आलीशान फ्लैट में बैठा हुआ सेब और अखरोट खाते हुए सामने बहती हुई व्यास नदी को देख रहा हूँ। फ्लैट क्यों, मैं बँगले में बैठकर यह नजारा देख सकता हूँ, लेकिन मन्दा ने फ्लैट खरीदने की बात कही तो फ्लैट ही फैंटेसी में आता था। हालाँकि मुझे पता है कि व्यास नदी वहाँ है नहीं। पर मेरी फैंटेसी में बहती है। कश्मीर में बहती है। क्योंकि व्यास नदी मैंने मनाली में देखी थी और जिसके किनारे बैठकर मैंने एक रुपए में चाय पी थी और टट्टू पर से गिरा भी

था धड़ाम। मैंने मनाली देखा है। मनाली में मॉल रोड देखा है। कश्मीर नहीं देखा। कहना चाहिए कि मैंने स्वदेश दीपक की तरह मांडू भी नहीं देखा, बल्कि यूँ कहना चाहिए कि मैंने भी मांडू नहीं देखा।

मैंने सुनील कुमार से स्पष्ट कहा था कि भाई मैं रिस्क-विस्क नहीं लेना चाहता। लड़की मिले चाहे न मिले।

अरे भई, एकदम घरेलू औरत है, न बीमारी-वीमारी, न इमोशनल फंडा, न बाकी कोई झंझट!! सुनील कुमार ने कहा।

बीमारी-वीमारी का अच्छी क्वालिटी का इन्तजाम है अपने पास, घर या ऑफिस में किसी को भनक न लगे बस...

सुनील कुमार हँसा था जोर से—अरे, विजय कुमार तुम कुमार ही रहोगे जीवन-भर। फिर विजय हासिल नहीं कर पाओगे...

मुझे उसकी फोटो अच्छी लगी थी। मोबाइल पर वह अंग्रेजी के 'डिसेंट' शब्द को परिभाषित कर रही थी। उसके कन्धे तक के फोटो से उसके सुडौल वक्षों का अनुमान लगाया जा सकता था। फोटो के आधार पर इसे साठ फीसदी नम्बर दिए जा सकते थे। दफ्तर की कुछ लड़कियों को भी मैं ऐसे ही नंबर देता था।

सुनील कुमार कई बार दफ्तर में किसी काम से आई किसी सुन्दर-सी लड़की के बारे में पूछता था कि भई इसे सौ में से कितने नम्बर देगा।

मन्दा के लिए मैंने कहा कि वह साठ प्रतिशत के लायक थी। औसत से बेहतर। तब सुनील कुमार ने मुझसे पूछा था कि "भई सौ परसेंट किसे देगा? सौ नम्बर वाली लड़की कौन है तेरी नजर में?" वह मुझसे मधुबाला या माधुरी के नाम की अपेक्षा रखता था। पर मेरे मानदंड अलग थे।

"अच्छा नब्बे से ऊपर कोई है तो बता अपने परिचय में...'

मेरे जेहन में तब जो नाम आते थे, उनका जिक्र मैं सुनील कुमार से नहीं कर सकता था। एक तो खुद उसकी बीवी थी इसलिए भी! वह मेरे मापदंडों पर खरी उतरती थी।

दो-तीन घंटे के लिए पाँच सौ में मन्दा उपलब्ध हो जाएगी, ऐसा सुनील कुमार ने खुद मुझे बताया था, हाँ...लेकिन रात-भर के दो हजार। उसका मोबाइल

नम्बर भी दिया था। रात-भर का भारी जोखिम मैं उठा नहीं सकता था और हमेशा दो-तीन घंटे के लिए उसका समय लेता था। इतनी देर के लिए पाँच सौ रुपए में वह सन्तुष्ट भी हो जाती थी।

उससे मिलने के लिए मुझे तय करना पड़ता था। कुछ दिन पहले से। ये नहीं कि मन में आया, बस उठे और चले। योजना बनाता था। यानी पूरा मजा लेने के लिए मैं हफ्ते-भर व्रत रखता था। मतलब पत्नी को हाथ नहीं लगाता। जैसे शाम को जोरदार पार्टी हो, तो हम दोपहर को फल खाकर रह जाते हैं। एकाध माइल्ड-फिल टैबलेट और उड़द की दाल-वाल अलग से। बस!

अब वह फिर पैसे माँग रही थी तो 'कभी देखी न सुनी ऐसी तिलिस्मात' वाली बीमारी फैली हुई थी। इसका सकारात्मक पहलू यही था कि ऐसे में बैंक में जाना जोखिम भरा था। कहा जाए तो सम्भव नहीं था। बैंक वैसे भी ग्राहकों के लिए दो घंटे-भर के लिए खुल रहे थे।

उसका फोन देखकर मैं चौंका। आखिर आज क्यों फोन कर रही है।

"डी.जी. बोल रही हूँ।"

उसका नंबर भी मैंने डी.जी. नाम से सेव कर रखा है मोबाइल में। कभी पत्नी या कोई और देख-पूछ ही ले, तो मैं डेक्कन जिमखाना क्लब का नम्बर कह सकता था, दीपक गुप्ता कह सकता था। मुझे याद आया कि मैंने एक बार उसे 'ड्रीम गर्ल' कहा था। तुम मेरी ड्रीम गर्ल हो—डी.जी.। यह भी याद आया कि वह उसके तुरन्त बाद दो महीने का किराया भरने के लिए तीन हजार माँगने लगी थी। जरा सी ढील देने पर वह मकड़जाल में फाँसना शुरू कर देती थी। "तीन हजार...हंह...पैसे पेड़ पर उगते हैं!"—तभी मैंने अन्दाजा लगाया था कि वह डेढ़ हजार महीने के मकान में रहती है। मैने बताया कि सीएए के विरोध के कारण पैसे निकाल नहीं सकता। बैंक के बाहर शामियाना लगा है। भारी भीड़ है और एटीएम कार्ड लाया नहीं। सीएए का विरोध चल रहा था। शाहीन बाग के समर्थन में हमारे शहर में भी असन्तोष था। उस सेन्सिटिव एरिया में मेरा बैंक है, जो कि आज बन्द कर दिया गया है। पैसे मैंने वही हर बार के पाँच सौ रुपए दिए थे। गाज उस दिन भी बेचारे बैंकवालों पर ही गिरी थी।

"मिलना नहीं है तुम्हें अपनी डी.जी. से। कितने दिन हो गए।"—वह मादक स्वर में फुसफुसा रही थी।

"हाँ...हाँ...मन्दा मिलना तो है। लेकिन देख रही हो ना, चारों तरफ मास्क लगाकर घूम रहे हैं लोग..."

"फिर क्या हुआ...घूँघट है घूँघट...घूँघट तो होता ही है उतारने के लिए..." —वह अदा से बोल रही थी, "और पूरा शहर तो खाली पड़ा है। सूना-सूना। हमें देखने वाला भी कोई नहीं। बस मैं और तुम..." उसकी आवाज में कशिश तो थी ही। ऐसे ही थोड़ी मैं महीने में दो बार उस पर पाँच सौ रुपए खर्च कर देता था। उसकी पसन्द का खाना अलग से खिलाता था। होटल के कमरे का खर्च मिलाकर भी सौदा महँगा नहीं लगा कभी मुझे।

बल्कि मैं तो कहूँगा कि उसकी खनकती आवाज में नशा था। मैंने सोचा तीन-चार महीने से मुलाकात नहीं हुई है। किसी होटल में जाने का सवाल ही नहीं था। कम-से-कम कुछ मन ही बहल जाएगा। होटल में न सही, कार में बैठकर कहीं एकान्त में बात-वात करेंगे। अच्छा है पसन्द की जगहों पर हाथ-वाथ लगा लूँगा। पकड़ा-पकड़ी में भी मजा है। तिस पर न होटल का खर्च, न खाने का खर्च—थमा दूँगा सौ-दो सौ रुपए!

मैं कार लेकर उसकी बताई जगह पहुँच गया। कार में एफ.एम. पर अमिताभ बच्चन की आवाज गूँज रही थी। "जब तक दवाई नहीं, तब तक ढिलाई नहीं।" एक डॉक्टर भी अदनान सामी के अन्दाज में नसीहत दे रहा था कि, "स्ट्रैंजर से सम्पर्क...कभी नहीं...कभी नहीं..."

बीमारी की बस एक ही मजे वाली बात थी कि लोगों की भारी भीड़ से अँटा-धँसा यह इलाका भी सुनसान पड़ा था। मेरे लिए यह महामारी का सकारात्मक पहलू था। हालाँकि नीलोत्पल की यह पंक्ति मेरे स्मरण में थी कि, "आपदा में अवसर...यह सदी का सबसे वहशी वाक्य है।"

सामने एक मन्दिर और उससे सटी एक मस्जिद भी सूने थे। यहाँ जब भी गुजरो, तो मन्दिर की घंटियों और मसजिद की अजान—दोनों को सुनकर सम्पूर्णता का एहसास होता था। पर आज वहाँ किसी बदमाश ने बाहर फाटक

पर चॉक से लिख रखा था—ओ भक्त, कल आना !!

मैंने सोचा कि अनूप जलोटा के भजन आज घर जाकर जरूर सुनूँगा। फिर मैंने सोचा कि अनूप जलोटा अब नया पॉप एलबम लेकर आ रहा है, तो क्या उसके भजन सुनने में कुछ अनुचित तो नहीं? नहीं, इससे क्या। मैं जरूर-जरूर सुनूँगा उसके भजन। एक सीरियल में सीता का किरदार निभानेवाली अभिनेत्री को वास्तविक जीवन में सिगरेट पीते देखकर मैंने सीरियल देखना तो बन्द नहीं कर दिया था। मैंने भजन सुनने का इरादा इसलिए भी खारिज नहीं किया क्योंकि पंकज उधास को सुनने में मेरी कोई दिलचस्पी नहीं है। 'उधास' शब्द ही मुझे उदास से भी ज्यादा उदास लगता है। जब मैं अनूप जलोटा का एक भजन गुनगुना रहा था, तो यह विचार अन्त:सलिला के रूप में बह रहा था कि 'पॉप सुननेवालों, तुम क्या जानो भजन की ताकत।' हालाँकि यह भी सच था कि इस पूरे समय मेरी आँखों में स्कर्ट पहनी हुई जसलीन घूमती रही।

मैं ड्राइविंग सीट पर बैठा था।

वह कार का दरवाजा खोलकर झट से अन्दर बैठ गई। मेरी बगल की सीट पर।

वह कुछ और दुबली हो गई थी। यहाँ दुबली मैं कमजोर के अर्थ में प्रयोग कर रहा हूँ, अन्यथा कुछ लोग इसे 'कॉम्प्लिमेंट' के रूप में लेते हैं। वैसी दुबली नहीं। चेहरा भी कुम्हलाया था। बदरंग साड़ी में थी वह। गुलाबी साड़ी थी, जिसका रंग फीका पड़ चुका था। बकवास। बहुत सस्ता और खराब कपड़ा था साड़ी का। देखकर ही लगता था कि उसकी कोमल त्वचा पर चुभ रहा होगा यह कपड़ा। लम्बे बाल खुले हुए थे, जो कि रूखे थे। गले में दुपट्टा था, जो वह पहले भी हमेशा मुँह छुपाने के लिए इस्तेमाल करती थी। कानों में बाली नहीं थी और नाक की कील भी न होने के कारण चेहरा उजाड़ लग रहा था। आँखें गाय के बछड़े की आँखों की तरह मासूमियत से भरी थीं। हमेशा की तरह।

मैं जोर से बोला, "मास्क...मास्क क्यों नहीं पहना तुमने। पता नहीं तुम्हें। ऐं...?"

उसने घबराकर गले में डाला हुआ दुपट्टा मुँह पर लपेट लिया—

"मुझे कोरोना नहीं है बाबू"—वह कुछ अचकचाकर बोली।

"अरे प्रधानमंत्री बोल रहे हैं घर से मत निकलो..."

"लेकिन प्रधानमंत्री को पता नहीं ना कि हमारे पास खाने को कुछ नहीं... बाहर तो जाना ही पड़ेगा। प्रधानमंत्री को हमारे बारे में कैसे पता चलेगा..." अबकी उसने सँभलकर और कुछ दृढ़ता से कहा।

"क्या बात करती हो। कैसे नहीं चलेगा पता। प्रधानमंत्री से भी कुछ छिपा है भला। वो प्रधानमंत्री हैं। ये टी.वी. वाले दिखाएँगे ही लोगों की तकलीफें..."

टी.वी. पर तकलीफ कौन देखता है बाबू...टी.वी. तो मजे के लिए देखते हैं ना, सनसनी के लिए। उसमें ये सब दिखाने लगे तो देखेगा कौन?

वह फिर बड़ी आत्मीयता से दिलकश अन्दाज में बोली, "देखो साब, मैं मन्दिर नहीं जा रही, लेकिन तुमसे मिलने आई मन्दिर जाने के बहाने..."

ऐसी फिल्मी और भावुकतापूर्ण बातें मुझे कभी भी प्रभावित नहीं करतीं। नौटंकी देखना होता है तो मैं सिरोहापुर गाँव जाता हूँ, जहाँ हर शनिवार की रात नौटंकी में जबर्दस्त नाच होता है। हाँ नहीं तो।

"तुम पहली बार हमारे एरिया में आए हो। हमारे एरिया में तो किसी को भी काम नहीं मिल रहा बाबू...आते भी हैं तो कुछ पुलिसवाले और कुछ गुंडे... लेकिन पैसे दोनों ही नहीं देते..." बड़ी अजीब बात कर रही थी वह। "एक बाबा हैं हमारे, जो सारे जगत का हाल जानते हैं, अन्तर्यामी हैं...वो इस समय भी बुलाते हैं कभी-कभी...उन्हें बीमारी का डर नहीं लगता...उन्हें विश्वास है कि मुझे कोरोना नहीं है...पर तुमसे झूठ नहीं कहूँगी...मैं उनसे पैसे नहीं लेती। वो सर्वज्ञाता हैं।"—उसने दाएँ हाथ को ऊपर उठाकर अपार श्रद्धा से उँगलियों को माथे पर छुआया।

मुझे लगा था कि वह कुछ 'डर्टी टाक' करेगी, लेकिन अब मुझे डर लगा कि कहीं पैदल चलनेवाले मजदूरों का जिक्र न करने लगे। हालाँकि शायद कोई एक चैनल था, जो अब भी हत्या, आत्महत्या और ड्रग्स की बजाय मजदूरों और किसानों पर बात कर रहा था, लेकिन मन्दा ने ठीक कहा कि उसमें सनसनी वाली कोई बात नहीं होती थी।

एक चैनल में दीपिका की कार का पीछा किया गया था और सिगनल पर रुकने पर दिखाया गया कि दीपिका अपने बाल सँवार रही है। एक और चैनल पर एक अभिनेता से पूछा गया कि "आपके मोबाइल के मैसेज के अनुसार आप ग्यारह लोग कुछ पीने और कुछ लेने के लिए इस पैंडेमिक में मुम्बई से लोनावाला के फॉर्म-हाउस तक क्यों गए? आपने व्हाट्सएप मैसेज भेजा था कि कुछ पीने और कुछ लेने फॉर्म-हाउस जा रहे हैं"। अभिनेता ने बताया कि महामारी के दौर में काढ़ा पीने और भाप लेने वे लोग लोनावाला गए थे, न कि शराब पीने और ड्रग्स लेने। ऐसी बातों में और कुछ हो न हो, मजा था। मजा निश्चित था।

सच ज्यादा जरूरी था या मजा, बस! ये मैं तय नहीं कर पाता था। क्योंकि उसी दिन दूसरी तरफ एक बन्दा मजदूरों के अधिकारों पर बात किए जा रहा था, सिरफिरे की तरह। अचानक मुझे महात्मा गांधी की याद पता नहीं क्यों आई।

मैंने इसी क्षण तय किया कि या तो अधिक पैसे लेकर जाऊँ, चाहे वड़ा-पाव छोड़ना पड़े, लेकिन इस बार पहला मौका मिलते ही खादी भंडार में उपलब्ध 'सत्य के प्रयोग' अवश्य खरीदूँगा और न केवल खरीदूँगा, जैसा कि अधिकांश लोग करते हैं, बल्कि पढ़ूँगा भी।

मैं ऐसे कितने ही लोगों को जानता हूँ, जिनके पास सैकड़ों किताबें भरी हैं। गोर्की, लेनिन, मार्क्स, प्रेमचन्द, मंटो, राहुल सांकृत्यायन, मुक्तिबोध—लेकिन बेचारों को पढ़ने का मौका ही नहीं मिला। हालाँकि एक ही फिल्म को वो चार-चार बार देख लेते हैं और बाकी तमाम मजेदार चीजों के लिए भी वे समय निकाल लेते हैं। लेकिन ऐसी किताब पढ़ने के लिए गम्भीरता चाहिए, एक माहौल चाहिए। गोविन्दा की फिल्म किसी भी समय देखी जा सकती है। फिल्म में कहीं से भी एक ही सीन उठाकर बार-बार देख सकते हैं।

किताबों के कलेक्शन पर हालाँकि गर्वित हो सकते हैं। ये देखो भई फ्रेड्रिक एंगेल्स की 'ऐतिहासिक भौतिकवाद'। गोविन्दा की फिल्मों की सी.डी. पर गर्वित नहीं हो सकते, लेकिन मजा ले सकते हैं। छुट्टी लेकर फिल्म देखी जा सकती है—पॉपकॉर्न खाते हुए और कोक पीते हुए। छुट्टी लेकर राहुल सांकृत्यायन

पढ़ने की कौन सी तुक है भला? मैंने आज तक नहीं सुना कि कोई कोक पीते हुए 'दास कैपिटल' पढ़ रहा था।

मैंने यह भी तय किया कि इस महामारी के दौरान नियमित रूप से काढ़ा भी पियूँगा और भाप भी लूँगा।

वह कभी मुझे साब कहती, कभी बाबू। साब की तुलना में बाबू में कुछ अपनापन होता है सम्भवत:। "होटल में चलोगे बाबू...?"—उसने दुपट्टे के ऊपर नजर आती अपनी सहमी-सी आँखों से एकटक मुझे देखते हुए पूछा।

"होटल..." मैं चिहुँक गया। "कैसी बात कर रही हो तुम। अभी सब तरफ जोखिम है। स्वाति डीलक्स तो खुला भी नहीं अभी। मन्दिर तक बन्द हैं।"

उसने कहा, "हाँ ना, मन्दिर बन्द है...ये लोग हिन्दू-विरोधी हैं..."

उसने ऐसा किसके लिए कहा—पता नहीं। शायद इलाके के कारपोरेटर, एम.एल.ए. या मन्दिर में प्रवेश से रोकनेवाली पुलिस को लक्षित करके उसने ऐसा कहा होगा।

मैंने कहा, "मस्जिद भी तो बन्द है। और तो और रास्ते में एसजीएस मॉल और उसके साथ लगा हाई-ब्लिस चर्च भी बन्द और उदास था। इसलिए विधर्मी शब्द ज्यादा ठीक होगा...या निधर्मी...या ऐसा ही कोई शब्द...लेकिन हिन्दू-विरोधी का तो प्रश्न ही नहीं।" मैंने कहा।

"तुम ठीक कहते हो..." उसने कहा। "ऐसे कठिन समय में भी अयोध्या में तो मंदिर बनना शुरू भी हो गया है। वो तो जरूरी है।" वह कुछ सुकून भरे स्वर में बोली—"मैं तो सही मानती हूँ तुम्हारी बात..." वह सहमति जता रही थी।

फिर अचानक उसकी आवाज में अवसाद भर गया—"लेकिन अभी तो बोलो कि मेरी चार साल की बच्ची को खाना कहाँ से खिलाऊँ। काम नहीं मिल रहा...इसमें मेरी क्या गलती?"

ये ऐसी ही बेवकूफ औरत है। जो मन में आए कहे जाती है। गलती कहाँ से आ गई इसमें?

"मैं जिन्दा रही...और मेरी बच्ची...तो मैं भी जाऊँगी अयोध्या...दर्शन करने"—आँख बन्द करके कुछ कल्पना-सा करते हुए वह बोली। आस्था और

श्रद्धा का एक भाव उसकी आँखों में दिखा, जिससे मैं विचलित हो गया।

"जीने-मरने की बात क्यों कर रही हो, ये तो मामूली बीमारी है...बस कुछ दिनों में खतम हो जाएगी..."

"भूख से बड़ी बीमारी कौन सी हुई है बाबू...वो बीमारी तो हमारी कभी खतम नहीं होगी ना...? शहर बन्द कर देने से भूख थोड़ी बन्द हो जाती है?"—फिल्मी तरीके से बात करना इसकी आदत में शुमार है।

मुझे उसकी बात बड़ी बकवास लग रही थी। बकवास इसलिए भी कि मैं दिल बहलाने के लिए आया था और वह अपनी समस्याएँ खोलकर बैठ गई थी। मुझे याद आया कि एक बार ठेले पर से ट्रिपल एक्स सीडी लेकर आया था कि उस दिन घर में अकेला हूँ...चैन से देखूँगा। लेकिन उसमें नेल्सन मंडेला की जीवनी निकली। मैंने उम्मीद में पूरी सीडी दो घंटे की देख डाली, लेकिन नेल्सन मंडेला...नेल्सन मंडेला। पूरे जीवन के अनुभव से यह दावे से कह रहा हूँ, यकीन मानिए, कि इसका उलटा कभी नहीं होता...'गाँव में शौचालय निर्माण' या 'पाँच ट्रिलियन इकॉनॉमी' की सी डी में 'जवानी की बन्दूक' कभी नहीं निकलेगी। वही उस दिन वाली अनुभूति मुझे आज हो रही थी।

'भूख...हँह...' जब भी वह ऐसी बातें करती थी, मैं समझ जाता था कि वह मुझे मकड़जाल में फँसा रही है और अब पैसे माँगेगी...वह भी सौ-पचास नहीं, पाँच हजार...दस हजार...

मैंने कहा, "इतना दस-बीस लाख करोड़ का इन्तजाम किया गया है सबके लिए, पैकेज-पर-पैकेज...तुम कह रही हो खाना भी नहीं मिल रहा..."

मुझे जो उम्मीद थी, वही उसने कहा, "बीच के लोग सब खा जाते हैं। दस-बीस लाख करोड़ तो छोड़ो, हमें तो दस-बीस रुपए नहीं दिए किसी ने..." वह बेचारगी से बोली।

एक बात मुझे प्रभावित कर रही थी कि वह सारी दुनिया पर यकीन करते हुए बड़ी विनम्रता से अपनी बात कहे जा रही थी। उसके स्वर में आक्रोश लेशमात्र नहीं था। मासूम बच्चे की तरह बात कर रही थी वह। इससे ज्यादा कड़ाई से तो, कुछ बुरा होने पर, हम भगवान को बोलते हैं कि "हे भगवान...ये तूने क्या कर

दिया।" या फिर "हे भगवान तू इतना निर्दयी कैसे हो सकता है?"

पर ऐसे मामलों में या 'बीच के लोग' बोलने पर किसी की एकाउंटेबिलिटी फिक्स नहीं की जा सकती। किसी का दोष और किसी की जिम्मेदारी तय नहीं की जा सकती। अमूर्तन की स्थिति में कोसा किसे जाए?

मुझे लगा कि बेकार में यहाँ फँस गया। पता नहीं किस झोंक में आ गया। मुझे आना ही नहीं चाहिए था आज।

मैंने समझाना चाहा कि यह सब तुम्हारी अपनी भलाई के लिए है। बीमारी किसी को भी हो सकती है। एक से दूसरे को फैल सकती है। जो आज स्वस्थ दिख रहा है, हो सकता है कि वह भीतर से बीमार हो। हो सकता है तुम्हें लगी हो यह बीमारी। तुम्हें न भी हो तो मुझे भी हो शायद।

लब्बोलुआब यह था कि मैं उसे लेकर किसी होटल में नहीं जा सकता।

'किस' भी नहीं। उसने असहाय भाव से पूछा।

"इतना जोखिम..." मैंने उसे कहा, "तुम भी मत लो।" हाँ, मास्क पहनकर छू-छा सकता हूँ, लेकिन बाद में हाथ सैनिटाइज करूँगा। सैनिटाइजर बड़ी बोतल कार में क्यों रखी है फिर?

सड़क सुनसान थी। समय दोपहर का था। कार में ए.सी. फुल चल रहा था। भीतर सुखद ठंडक थी, जिससे बाहर के मौसम का अन्दाज लगाया ही नहीं जा सकता था। फिर भी मन्दा बेचैन थी, "वो तो मैं समझ गई बाबू। बीमारी है... तभी तो एक ग्राहक नहीं आ रहा मेरे पास। कितने महीने हो गए। और पता नहीं कब तक चलेगा ऐसा। बच्ची को खिलाऊँ कहाँ से..."

उसने दुबारा बच्ची का नाम लिया था। मैं पहले भी कुछ चौंका था। बच्ची वाली बात उसने पहले किसी मुलाकात में नहीं की थी। आज पहली बार बच्ची-बच्ची रट रही थी। मैं चिढ़ गया कि कि हर बार एक नया बहाना लेकर पैसे माँगती है। प्रत्यक्षत: मैंने बड़े सब्र से कहा कि "अभी किसी से सम्पर्क मत करो। मुझसे भी नहीं। मास्क पहनो और हर दो घंटे में हाथ धोती रहो।"

एकदम मेरी आँखों में देखते हुए वह जोर से हँसने लगी, "मैं समझी नहीं..." फिर वह बोली।

ऐसा भला क्या कह दिया था मैंने। मैं क्या पश्तो में कह रहा हूँ, "हाथ धोती रहो मतलब हाथ धोती रहो।"—मैंने कुढ़कर कहा।

"नहीं बाबू, मैं जिस इलाके में रहती हूँ...पता है ना...आओ देखोगे... चमचमाती सड़क से दिखाई नहीं देती वो गली...बगल में ही तो है, बाएँ हाथ पर...अरे, बस सौ कदम पर...वहाँ हफ्ते-हफ्ते पानी नहीं आता। सफाई की गाड़ी नहीं, कोई व्यवस्था नहीं। हाथ क्या दूध से धोऊँ?"

"अरे, तो तुम डेढ़ हजार महीना वाले किराए के मकान में रहती हो। बताया तो था तुमने।" मुझे कोफ्त हुई। प्रश्न था मेरे स्वर में।

वह फिर हँसने लगी, मानो कैसा बेवकूफ बनाया मुझे। बिना किसी अपराध-बोध के हँस रही थी वह।

"गाँवों में बिजली आ गई विज्ञापन में बोलते हैं...तो पहले शहर में हमारी बस्ती में तो बिजली दो। पहले रात में तो रौनक के लिए बिजली रहती थी, उसके लिए बिजली बाबू को अलग से महीना जाता था। हमारे चन्दे से। अब धन्धा नहीं, तो चन्दा कहाँ से दें।"

मेरी समझ में आ गया। जहाँ वह चलने को कह रही थी वह वेश्याओं की बस्ती थी। रेड लाइट एरिया। मैंने सुनील कुमार को मन-ही-मन गाली दी, जिसने कहा था कि यह घरेलू औरत है। हालाँकि मुझे पता नहीं था कि घरेलू औरत होने की अर्हताएँ क्या हैं, पर मैं यह पक्का कह सकता था कि यह घरेलू औरत नहीं। खाँटी घरेलू औरत तो हरगिज नहीं!

"बच्ची का बाप कहाँ है? वह कुछ नहीं देता...मतलब पैसे-वैसे...?"

अबकी तो वह हँसते-हँसते दोहरी हो गई। उसकी आँखें छलछला गईं हँसी के मारे। इस हँसी में यह भी था कि ऐसा बेवकूफ जीवन में कभी नहीं देखा।

"खाना तो खिलाओगे...?" वह हँसी रोककर अचानक बोली, "मुझे भूख लगी है।" स्वर सशंक था उसका। कहीं मैं मना न कर दूँ।

"समझने की कोशिश करो"—मैं उसके मकड़जाल से बाहर आने की कोशिश करने लगा, "इस समय कहीं बैठकर खाना जोखिम-भरा है। रिस्क है बीमारी का।"

"तो मेरी बच्ची के लिए खाना पैक करा दो बाबू। फूटी कौड़ी नहीं मेरे पास। लोगों के हाथ-पाँव जोड़कर इन्तजाम कर रही हूँ। लोगों को कहती हूँ बीमारी नहीं है, कोई मानता ही नहीं। वे भी नहीं, जिन्हें हर दूसरे दिन मैं चाहिए थी। कोई पकड़ता नहीं मुझे। अच्छा, मजे की बात ये है कि कोई पकड़ता भी है तो दस-बीस रुपए ही देता है। कहता है पैसे ही नहीं हैं। अब दस-बीस रुपए में तुम ही बताओ कुछ होता है बाबू? और फिर तीन महीने कम होते हैं?" फिर अदा से बोली, "ये मत भूलो कि तुम्हारी डी.जी. हूँ..."

अब यह हद से बढ़ रही थी। अति कर रही थी। पैसे माँगने का भी एक शिष्टाचार होता है। उसके इस रूप की मैं कल्पना भी नहीं कर सकता था। कभी वह दुनिया को कोसने लगती थी, कभी मुझे रिझाने की कोशिशें करने लगती थी। मैं भड़क गया, "हमारी क्या हालत है तुम समझ रही हो?" मैं चिल्लाकर बोला, "समझ रही हो तुम, हमारी तनख्वाह आधी कर दी गई है। कार का पेट्रोल कम्पनी देती है, इसलिए चला रहा हूँ...नहीं तो पैदल आया होता यहाँ पैदल... आधी तनख्वाह में मकान का इंस्टालमेंट देना पड़ता है...ईएमआई नहीं भरी तो मकान जब्त कर लेंगे। बच्चों की फीस पूरी देनी पड़ रही है...स्कूल बन्द हैं फिर भी। मैं कहाँ रोने जाऊँ...मैं भी लोगों से उधार माँग-माँगकर काम चला रहा हूँ। कल ही थोड़े पैसे लिये हैं सुनील कुमार से..."

मुझे आश्चर्य हुआ कि मेरी आवाज लरजी क्यों नहीं? आत्मविश्वास कम क्यों नहीं हुआ। आवाज कमजोर क्यों नहीं पड़ी? क्योंकि सरकारी उपक्रम में हमें कोरोना के कारण छुट्टियाँ जमकर मिली थीं। वर्क फ्रॉम होम। वर्क ऐट होम। न्यूतम स्टाफ में कार्य। इसी तरह की अन्य योजनाएँ। लेकिन तनख्वाह हमारी कुछ कटी नहीं थी...ऊपर से राहत निधि के रूप में एक लाख अस्सी हजार का सैलरी एडवांस दिया गया था। डिस्ट्रेस रिलीफ! बिना ब्याज का। इसी महीने साढ़े पाँच हजार का डी.ए. बढ़ा था सो अलग।

"सुनील कुमार जिन्दा है?" उसने मासूमियत से पूछा था।

"क्यों? उसे क्या हुआ?" मैंने हैरानी से पूछा।

"नहीं, मैंने उसको दो बार फोन किया और कुछ पैसे माँगे। पहली बार

उसने कहा कि सुनील कुमार का ट्रांसफर हो गया है कोलकाता। दूसरी बार फोन किया तो कहा कि सुनील कुमार मर गया।"

मुझे कोफ्त हुई। मैंने हताशा से हाथ मसले।

"वाह रे सुनील कुमार..." मैंने मन-ही-मन उसे गाली दी, "खुद तो कन्नी काट गया, तो मुझे भी इशारा कर देता। मैं आता ही क्यों इसके मकड़जाल में फँसने। कोलकाता न सही मुझे मुम्बई ही ट्रांसफर करा देता। बगल में कोल्हापुर ही करा देता। या फिर जब तू मर ही गया था, तो मैं भी मर जाता। मैं नहीं मर सकता था?"

"सुनो ना बाबू...अभी बीमारी है...मानती हूँ...ठीक है..."—उसने सोच-समझकर अगला पाँसा फेंका..., "ऐसा करते हैं, तुम मुझे पैसे दे दो। अभी दे दो तरस खाकर। दया कर दो बाबू। बाद में...बाद में साब...मतलब बीमारी खत्म होने के बाद...मैं तुमको दस बार..." वह उँगलियों पर कुछ हिसाब लगाकर बोली..."हाँ दस बार फ्री में सब करने दूँगी। चाहे तो पूरी रात रुकूँगी। नहीं तो मैं मर जाऊँगी। मुझे बस पाँच हजार दे दो..."

"कितने...?" मैंने आवाज में आश्चर्य भरकर कहा।

"पाँच...प...पाँच हजार।" वह मेरे स्वर में आश्चर्य की अधिकता और स्वर की तीव्रता से सहम गई—"एक बार का मेरा पाँच सौ बनता ही है, नहीं क्या? मेरा तो फिक्स रेट है। कभी ज्यादा लिया तुमसे? तो दस बार कुछ मत देना... एक कौड़ी नहीं। चलो, ब्याज का भी एक ले लो। एक बार एक्स्ट्रा...एक बार का फ्री...एक बार का फ्री!!!"

झूठी और घटिया औरत...इस काम में भी स्कीम लेकर आई है। मैंने मन में सोचा। हमेशा ऐसे ही फँसाती है। मुफ्त में होंडा सिटी में ए.सी. में बैठी है।

"पाँच हजार का मतलब समझ में आता है..." मैं अचानक गरजकर बोला, "अरे राशन के पैसे नहीं बचे हैं मेरे पास..." मेरे चेहरे पर उत्तेजना थी।

"क्या कहते हो बाबू...क्या सबका यही हाल है...?" उसने आश्चर्य से पूछा। उसकी आँखों में आश्चर्य था।

"हाल पूछती हो...हम लोगों के ऑफिस का प्राइवेटाइजेशन कर रहे हैं..."

"बेच रहे हैं क्या...?" उसने कुछ चिन्ता दिखाते हुए पूछा—"जैसे एयरपोर्ट वगैरह..."

आज तो इसे पाँच रुपए भी नहीं देना। मैंने तय कर लिया—"बेच ही देंगे कुछ दिनों में..." चिढ़कर मैं बोला..."कोरोना के कारण कम्पनी का धन्धा ठप हो गया है। हमारा क्या होगा? हम तो सड़क पर आ जाएँगे..." अथाह दुख भरकर मैंने कहा। यही एक उपाय था जिससे इस औरत के मकड़जाल से मैं बाहर निकल सकता था।

"अरे...!!" वह हैरानी से मुझे ताकती रही। गनीमत थी कि वह हमेशा मेरी बात पर यकीन कर लेती थी। वरना आज तो मेरा मूँड़ा जाना तय था।

"यही स्थिति रही दो-एक महीने तो खाने के लाले पड़ जाएँगे। हम लोग बाहर से ही क्रीजवाले कपड़ों में दिख रहे हैं...अन्दर से खोखले हो गए हैं। सच कहता हूँ राशन के पैसे नहीं इस महीने। नहीं तो तुम्हारे लिए...अपनी डी.जी. के लिए पाँच क्या...पन्द्रह हजार दे देता।"

मुझे हर बार इस औरत को ऐसे ही मना करना पड़ता है।

उसकी आँखों में मेरे लिए आत्मीयता और सहानुभूति थी।

"सुनो बाबू, थोड़ा आगे ले लो...उस गली के अन्दर...दाईं तरफ आगे जो टीन की टपरी है...मानो मेरी बात..."

मैंने गाड़ी कुछ आगे बढ़ाई। लेकिन मेरी आँखों में प्रश्न था, दरअसल मैं उसके अगले पैंतरे का इन्तजार कर रहा था।

"देखो, ठीक उस दूकान के सामने..." उसने कहा। गली में इक्का-दुक्का लोग दिखाई दे रहे थे। एक-दो अनाज और पान-बीड़ी की दूकानें खुली थीं और एक-दो खोमचेवाले थे। मैंने निर्विकार भाव से दूकान के सामने कार रोकी। बन्द कार के भीतर भी सड़ान्ध भीतर आ रही थी। किसी जानवर के मरने की दुर्गन्ध जैसी। लेकिन यहाँ जो लोग थोड़े से दिखाई दे रहे थे कचरे के ढेर के पास या छज्जे पर...उन्हें शायद यह सब सामान्य लग रहा था। आदमी, कुत्ते और सुअर... सब एक भाव में मगन थे। कहाँ आ गया था मैं।

"पान खाना है तुम्हें...?" मैंने जब्त करते हुए किंचित कठोर स्वर में पूछा।

"रुको ना बाबू...बस दो मिनट...मैं आई आई बस..." वह फुर्ती से कार से उतरी। बदन में उसके लोच था।

मेरे लिए एक-एक मिनट यहाँ रुकना भारी पड़ रहा था।

लगभाग पाँच मिनट वह पानवाले से बात करती रही। मुझे लगा कि वह बहस कर रही है या झगड़ रही है उससे। फिर पानवाले के दोनों हाथ पकड़कर झुलाने लगी। बड़ा अटपटा लग रहा था। पता नहीं क्या चाहती है ये औरत। सौ-दो सौ में छूट सकूँ, तो वो तो मैं ही कर देता। लेकिन पाँच हजार ! हँह...!! वो भी बिना इस्तेमाल किए। माथे पर पागल लिखा है क्या मेरे?

अकबकाकर मैंने कार की खिड़की खोल दी। उसकी तरफ की खिड़की। ताकि पूछूँ कि क्या माजरा है?

वह तत्क्षण लौटी। उसके चेहरे पर प्रसन्नता थी। आँखों में सफलता की चमक।

"लो बाबू...बड़ी मुश्किल से मिले हैं...रख लो...ये तुम्हारे लिए...।" खुशी। हाँ खुशी थी उसके स्वर में भी।

फिर मालूम नहीं अचानक क्या हुआ। मुझे लगा कि मेरे शरीर का सारा खून किसी ने निचोड़ लिया है।

मैं अवाक था। मेरे कुछ समझने से पहले ही उसने कार की खिड़की से हाथ अन्दर कर दिए, "ये पाँच सौ रुपए लाई हूँ बाबू...रख लो..." उसने मुड़े-तुड़े पान की पीक लगे नोट मेरी तरफ बढ़ाए।

"अरे, नहीं...नहीं..." मैंने जल्दी से कहा...ये क्या कर रही हो...?"

"नहीं...नहीं...साब...जब हालत ठीक हो जाएगी तब लौटा देना...ठीक?"

अविश्वसनीय था यह और अपमानजनक भी। लेकिन फिर भी मैंने कामना की कि "काश! वह मेरा मजाक उड़ा रही होती...", "काश! वह मुझे जलील कर रही होती।" तब शायद मुझे इतनी शर्म नहीं आती। तब शायद मेरा चेहरा काला नहीं पड़ जाता। लेकिन नहीं...वह तो सचमुच मदद करने पर उतारू थी। पूरी सहानुभूति के साथ।

"अरे, तुम्हें जरूरत है अभी...बच्ची भूखी है तुम्हारी।" मेरी आँखें फटी पड़ी थीं।

तब मैंने उसकी बात सुनी भर थी। अब मैंने उसकी हर बात महसूस की। अचानक सब सामने दिखने लगा। बिना पानी के घर की गन्दगी। घर और बाहर की बदबू। गड्डमड्ड हो चुका गीला और सूखा कचरा। बजबजाती नालियाँ। बिजली के कटे-फटे तार। कमरों का पीलापन और सीलन। कथरी। लिथड़ा हुआ बिस्तर। भूख से बिलबिलाती उसकी बच्ची।

"हमारा क्या है साब...हमें आदत है। मुझे ऐसी-वैसी मत समझना! मैं कोशिश करती हूँ ना, तो कुछ-न-कुछ मिल जाता है साब।" वह पुलकित थी—"तुम्हारे बस का नहीं है ये सब...तुम किससे माँगने जाओगे राशन के पैसे?"

मेरा कलेजा चाक हो गया था।

पता नहीं क्यों अचानक मुझे देवतागण दिखाई देने लगे और शीर्ष मंत्री भी। वे कुछ कर नहीं सकते थे, लेकिन हमेशा की तरह मुस्करा रहे थे। आशीष देने के भाव में।

मैंने उस औरत के चेहरे को ध्यान से देखा। वह एक सघन मकड़जाल में फँसी दिखाई दी मुझे। जिसमें वह छटपटा भी नहीं रही थी। इस मकड़जाल की यातना को उसने स्वीकार कर लिया था। अबकी बार यह कोई फैंटेसी नहीं थी। सारा ईमान बेचकर खा चुके नेता मुझे दिखाई दिए। अन्तर्यामी ढोंगी बाबाओं ने भी उसे घेर लिया था। फिर बिना पैसे दिए उसके बदन को रौंदते हुए भ्रष्ट पुलिसवाले और लार टपकाते सरकारी प्राधिकारी। चन्दा लेकर बिजली पहुँचाने वाले बाबू। उसकी जरूरत का लाभ उठाते मवाली और गुंडे। न्याय का दंड उठाए छद्म पैरोकार। समाजसेवी का मुखौटा लगाए घिनौने लोग। आत्मरति में लीन बिना रीढ़ के पत्रकार। केवल पैसे के कारण सच को जानते हुए भी चैनलों पर पूरे विश्वास से सफेद झूठ बोलती हुई संवेदनहीन बेशर्म महिलाएँ और अनीति के पक्ष में उन्माद में चिल्लाते हुए क्रूर पुरुष। हैरानी की बात यह थी कि इस भीड़ में जो सबसे तेजी से दुम हिला रहा था, वही सबसे जोर से भौंक रहा था। दिखाई दिए अभ्यारण्यों में बिना हिले-डुले पड़े हुए किसी लाभ के अवसर और

पुरस्कार का इन्तजार करते हुए कायर लेखक। फेन्स पर तटस्थ बैठे हुए बहुत से अनजाने चेहरे। मनुष्य होकर अलग जात, अलग धर्म, अलग देश, अलग रंग...यहाँ तक कि अलग दल और अलग विचारधारा होने के कारण भी दूसरे मनुष्य से नफरत करनेवाले और सोशल मीडिया पर नफरत फैलानेवाले लोग भी नजर आने लगे। आश्चर्जनक यह था कि इस भीड़ में सुनील कुमार और मेरा चेहरा भी स्पष्ट नजर आ रहा था। यह मकड़जाल घना बुना हुआ था। उसे इल्म भी नहीं था कि वह मकड़जाल में बुरी तरह फँसी हुई थी।

उसके दिए हुए पाँच सौ रुपए मेरे हाथ में थे। पूरी पृथ्वी अपनी धुरी पर थम गई थी। आसमान बदरंग हो गया था। मैं सौ में से सौ नम्बर वाली औरत को बदहवास देख रहा था। निर्निमेष।

('पहल' अंक-125, वर्ष 2022)